Zufall oder doch Schicksal?

Joana ist verzweifelt und weiß nicht mehr weiter. Sie
sitzt an der Theke in einer Bar, trinkt genussvoll ihren
Cocktail aus und bestellt sich gleich einen weiteren. Es
ist bereits ihr fünfter und sie lässt sich nun den sechsten
aus der vielseitigen Getränke Karte servieren. Sie
befindet sich zum ersten Mal in dieser Bar und ist von
ihrem Ambiente sehr beeindruckt. Sie ist mit schwarzen
Ledersofas und Sesseln ausgestattet. Die Theke hat acht
Barhocker, die ebenfalls mit schwarzem Leder
überzogen sind. Die Front ist in silbernem Chrom
gehalten. Hinter der Theke ist ein großes Regal mit
vielen Gläsern und Spirituosen, die sich in einem
dahinter eingebauten Spiegel reflektieren. An den
Wänden hängen verrückte Bilder, auf denen Frauen mit
verschieden Cocktails in der Hand abgebildet sind. In
den Ecken stehen große Palmen, unter die man sich
setzen und genießen kann - ähnlich wie am Strand.
Das Licht ist gedämmt und die neuesten Charts werden

1

sehr leise gespielt, aber so, dass sie noch zu hören sind.
Joana ist bereits sehr angetrunken, raucht ihr zweites
Päckchen Zigaretten für heute und zündet sich die letzte
davon an.

„Haben sie hier einen Zigaretten Automaten?", fragt sie
den Barkeeper, der gerade einen Cocktail mischt.

„Ich kann ihnen gerne ein Päckchen bringen und
schreibe es auf die Rechnung", bietet er Joana an.

„Das ist in Ordnung. Ein Päckchen Gauloises bitte",
antwortet sie mürrisch und schlürft an ihrem Cocktail,
der schon wieder halb leer ist. Er bringt ihr das
Päckchen, öffnet die Schachtel und legt sie neben ihr
Glas. Sie nickt und versinkt in Gedanken. Sie denkt

an ihre Ex Beziehung, die wegen einer anderen Frau
zerbrach, welche besser, attraktiver und erfolgreicher ist
als sie. Tränen laufen ihr den Wangen herunter. Der
Barkeeper bemerkt es und reicht ihr ein Taschentuch.

„Danke, das ist nett von ihnen", schluchzt Joana und
putzt sich die Nase.

„Kein Problem, nichts zu danken", entgegnet er besorgt
und widmet sich wieder seiner Arbeit. Joana trinkt ihren

2

Cocktail aus, bezahlt und wankt aus der Bar.

Sie irrt durch die nächtlichen Straßen und weiß nicht wie sie nach Hause kommt. Sie spricht einige Leute an, nur leider versteht sie keiner, weil sie vor Trunkenheit lallt und nuschelt. Sie benötigt beim Laufen den kompletten Bürgersteig. Sie rempelt ständig gegen die Hauswand und geparkten Autos. Die Menschen, die noch so spät unterwegs sind meiden sie und wechseln sogar die Straßenseite. Sie steht an einer Kreuzung und will sie überqueren.

Sie lehnt sich an den Ampelmast um nicht umzufallen. Sie starrt auf die Lichtzeichenanlage welche noch rot ist. Es kommt ihr vor wie eine Ewigkeit. Sie wird grün und Joana kommt aus dem starren nicht mehr raus. Sie ist schon wieder in Gedanken bei ihrer letzten gescheiterten Beziehung mit Dennis. Sie bricht in Tränen aus und geht zu Boden. Sie kniet auf dem Asphalt.

Plötzlich klopft ihr von hinten eine Frau auf die Schulter und fragt: „Alles in Ordnung bei ihnen, geht es ihnen nicht gut?"

Joana dreht sich zu ihr um, zieht sich an der Stange von der Ampel hoch und antwortet mit einem grinsen: „Mir geht es super, warum fragen sie so blöd?"

Die Frau bemerkt sofort, dass Joana Sturz betrunken ist. Sie verzieht das Gesicht wegen der Fahne, schüttelt fassungslos mit dem Kopf und läuft davon. Joana ruft ihr noch im lallenden Ton hinterher: „Was denn? Hast du noch nie eine betrunkene Frau gesehen?"

Die Frau reagiert nicht mehr darauf und verschwindet in die nächste Seitenstraße.

Blöde Kuh denkt Joana und stützt sich an den Mast der Ampel.

„Oh, es ist ja grün", murmelt sie und torkelt los. Sie schwankt übermäßig von der einen Seite zur anderen. Fällt über ihre eigenen Füße und knallt mit dem Oberarm gegen einen Autospiegel. Der davon abbricht und zu Boden fällt. Joana betrachtet den Spiegel, der auf dem Asphalt liegt und fängt an zu lachen. Ein Mann steigt wütend aus und findet das überhaupt nicht

4

komisch. Die Autos hinter ihm fangen an zu hupen.
Joana sieht ihn an und sagt feixend mit ausgestrecktem
Zeigefinger, der nach links und rechts wankt: „Du
musst weiter fahren. Du behinderst den Verkehr."
Der Mann schaut sie entsetzt an und raunt: „Und du
wartest hier, du hast mein Spiegel abgerissen. Ich fahre
nur schnell in eine Parklücke."
Joana zieht die Stirn kraus und muss erst mal überlegen,
was er damit meint. Sie setzt sich auf den Bürgersteig
und grübelt.
Er parkt sein Auto, steigt aus und kommt auf sie zu.
Joana mustert ihn und stellt fest, dass er einen
schwabbeligen Bauch hat, der durch sein enges T-Shirt
zu sehen ist.
 Plötzlich wird ihr total übel und ringt mit dem
Brechreiz. Joana dreht ihren Kopf nach links, wo der
Autofahrer auf einmal sitzt und speit ihm auf die Hose.
„Igitt, bist du ekelhaft, hättest du das nicht auf die
andere Seite machen können", beklagt er sich, steht auf
und läuft zum Auto.

Joana bleibt sitzen und versucht sich zu sortieren. Ihr ist

immer noch schlecht und total schwindelig.

Nach einer Weile kommt er zurück mit einer sauberen Hose.

„He, hast du nicht eben was anderes angehabt?", will Joana wissen und würgt schon wieder.

„Hey, pass jetzt mal auf was du tust", warnt er und springt auf.

Joana schluckt und merkt, dass es ihr langsam besser geht.

„Meine Freundin hat mich vor einer Stunde raus geworfen, deshalb habe ich noch meine Tasche mit Klamotten im Auto. Mein Glück, sonst müsste ich jetzt mit einer voll..."

„Ja ja, schon gut, es tut mir leid, dass es mir gerade in den Moment hoch kam und ich deine Hose voll gebrochen habe. Aber du bist nicht der einzige der verlassen wurde", unterbricht sie ihn.

„Ich habe jetzt kein Ton verstanden, weil du viel zu besoffen bist."

Joana schaut ihn an und winkt ihm grinsend ab.

„Hast Du deinen Personalausweis oder irgendwas anderes dabei wo deine Adresse drauf steht? Ich fahre

6

dich nach Hause, oder willst du auf der Straße übernachten?", fragt er und sieht sie an.

Joana wühlt in ihrer Jacke herum und nimmt ihren Geldbeutel heraus. Versucht ihren Ausweis rauszuziehen, was ihr nach mehreren Versuchen gelingt. Sie drückt ihn dem Mann in die Hand worauf er liest und lacht.

„Du wohnst ja bei mir um die Ecke, das ist gut, da muss ich jetzt keinen großen Umweg fahren", äußert er. Zieht Joana auf die Beine und legt ihren Arm auf seine Schulter, so dass sie gestützt ist und nicht umfällt. Mit kleinen Schritten bewegen sie sich Richtung Auto. Er setzt sie vorsichtig hinein und legt ihr den Gurt an. Joana schläft bei der Fahrt ein und wacht nicht mehr auf.

„Oh Gott, Oh mein Gott, brummt mir der Schädel", beklagt sich Joana jammervoll. Sie öffnet vorsichtig die Augen und hält beide Hände an ihren Kopf. Sie setzt sich langsam auf, wovon ihr schwummrig wird. Sie schnauft tief durch und schaut sich um. Sie bemerkt, dass sie mit ihren Sachen im Bett liegt. Riecht an ihrem T-Shirt und stellt fest, dass es total nach Qualm stinkt.

Sie beschließt aufzustehen um sich ein Bad zu gönnen.

Vorsichtig steht Joana auf und schleppt sich mit zittrigen Beinen ins Bad. Sie beugt sich über die Badewanne um das Wasser auf zu drehen, rutscht aus und knallt mit den Kopf gegen den Wasserhahn.

„Oh verdammt, mir brummt erst schon der Kopf", schimpft sie und hält sich schmerzerfüllt mit beiden Händen die Stirn. Wirft einen Blick in den Spiegel und erschrickt, weil ihr Blut die Wange herunter rinnt.

„Ach du meine Güte, wie ist das denn passiert?", sagt sie und schaut ruckartig in den Spiegel, wo sie nochmals mit der Stelle dagegen knallt.

„Aua, verdammt!", schimpft sie und setzt sich auf den Rand der Badewanne.

Sie nimmt sich ein Tempo und drückt es auf die Wunde.

„Was für ein Tag, das braucht doch kein Mensch", murmelt sie, lässt sich Badewasser ein und schaut noch mal in den Spiegel. Sie hat eine kleine Platzwunde, die aber kaum noch blutet.

Joana klebt sich mit viel Mühe ein Pflaster auf die Wunde, zieht ihr T- Shirt vorsichtig über den Kopf und ihre Jeans aus. Wobei ihr eine Visitenkarte aus der

Hosentasche fällt. Sie bückt sich nach ihr und hebt sie auf.

Ralf Weber? Wer soll das denn sein? Denkt Joana als sie den

Namen liest. Zuckt mit den Schultern, wirft die Karte hinter sich und legt sich in die Badewanne. Sie schließt die Augen und genießt das Bad.

Gedanken fangen an in ihrem Kopf zu kreisen. Ihr erscheinen die Bilder von ihrem verstorbenen Sohn, der an einen plötzlichen Kindstod starb. Sie macht sich Vorwürfe, dass sie in der Nacht als er starb, nicht früh genug bei ihm war. Sie hatte ihren Wecker nicht gehört, als sie ihren Sohn versorgen musste. Sie war zu spät aufgewacht und konnte ihm nicht mehr helfen. Keiner konnte das, nicht ihr Ex und auch kein Arzt. Für jede Hilfe war es für ihn zu spät. Ihr Ex brüllte sie in der Nacht an, dass sie für den Tod verantwortlich sei und er sowieso nicht der leibliche Vater gewesen wäre. Er suchte sich eine andere Frau mit der er Joana betrog und inzwischen verheiratet ist. Sie schluchzt und kommt nicht mehr von den Gedanken los. Immer wieder erscheinen ihr die Bilder im Kopf, was ihr vor drei Jahren wieder fahren war. Sie kann gar nicht mehr richtig aus den Augen schauen, weil sie vom weinen total geschwollen sind. Das Wasser ist inzwischen eiskalt und Joana zittert, was sie aber nicht registriert. Ihre halb langen braunen Haare sind voller Shampoo. Sie hat es noch nicht ausgespült, weil sie sich so tief in ihrer Trauer befindet. Sie schnauft durch und überlegt, warum bin ich überhaupt noch da. Ich habe in den letzten drei Jahren durch mein hartes Schicksal, keine neue Beziehung aufbauen können. Ich bin eine Teilzeitkraft in einer Tankstelle und weiter habe ich es noch nicht geschafft. Warum ist alles nur so schwer, warum passiert mir so etwas, was hat das alles zu bedeuten. Joana grübelt weiter und kommt auf keinen Nenner.

Völlig unerwartet läutet es an der Tür. Joana erschreckt und murmelt weinerlich: „Wer ist das denn jetzt?" Sie steigt aus der Badewanne, schwingt sich ein Handtuch um und geht zur Haustür. Auf ihren Weg hinterlässt sie nasse Spuren, ihre Haare sind noch voller Schaum, der auf ihr Handtuch tropft. Sie blickt durch den Spion und sieht eine Frau mit kurzen blonden Haaren. Ihre stechenden blauen Augen blicken Joana an.

Es ist ihre Arbeitskollegin Diana die vor der Tür steht. Joana öffnet und Diana schlägt sich vor Schreck die Hände über den Kopf zusammen.

„Wie siehst du denn aus? Was hast du am Kopf gemacht? Warum sind deine Haare noch voller Schaum? Und deine Augen? Ach kleines du musst doch nicht traurig sein, alles wird wieder gut", erklärt sie liebevoll und nimmt Joana erst mal in den Arm.

Joana schluckt und erzählt wimmernd: „Ich hatte gerade wieder alle Bilder im Kopf von Dennis und Manuel. Ich kann das von damals einfach nicht verarbeiten. Ich hatte mich gestern wieder fürchterlich betrunken. Ich habe keine Ahnung wie ich Heim gekommen bin. Ich kann bald nicht mehr. Sag mir doch mal was ich tun soll."

„Du wäschst dir erst mal die Haare aus und ziehst dich an. Dann reden wir weiter", befiehlt ihr Diana und führt Joana ins Bad.

Joana wischt sich die Tränen weg und schickt Diana raus. Sie spült sich die Haare aus und föhnt sie. Sie

11

stehen in alle Richtungen, aber das ist ihr egal. Joana holt sich eine bequeme Hose und ein weites T- Shirt aus dem Schrank und zieht sich an. Beim bücken wird ihr immer noch furchtbar schwindelig, so dass sie einen Moment braucht um sich aufzurichten. Sie setzt sich eine Base Kappe auf den Kopf, wobei sie an ihre Wunde kommt.

„Aua verdammt, ich bin doch echt blöd", jammert Joana und zieht sie ein Stück hoch.

„Alles in Ordnung?", ruft Diana fürsorglich aus dem Wohnzimmer.

„Ja, alles bestens", antwortet Joana und betritt den Raum.

„Komm setz dich, ich habe uns Kaffee gemacht, ich hoffe das ist okay."

Joana grinst und freut sich darüber. Sie schenkt sich gleich eine Tasse ein und sagt: „Danke, das ist prima das du das gemacht hast, du weißt doch, du kannst dich hier wie zu Hause fühlen."

„Ja ich weiß, sagst du mir immer wieder, schön das du so viel Vertrauen zu mir hast", entgegnet Diana und lehnt sich im Sessel zurück.

„Also erzähl mal, an was kannst du dich von gestern
Abend noch erinnern?", fragt Diana neugierig.

Joana die bereits auf dem Sofa liegt, nimmt ein Kissen,
schließt es in die Arme und sagt: „Oh nein, die Frage
habe ich befürchtet. Ich weiß wirklich nicht viel Diana.
Ich weiß nur, dass ich in der neuen Cocktailbar im "Go
Inn" war und dort so einige Drinks ausprobiert habe, die
echt lecker waren. Aber mehr auch nicht. Ich weiß nicht
mal ob ich die Rechnung bezahlt habe."

„Bitte, wo warst du gewesen? Wir wollten zusammen
dorthin gehen", beschwert sich Diana enttäuscht.

Joana beißt sich nervös auf der Unterlippe herum und
ringt mit ihrem Gewissen. Traurig schaut sie Diana an
und wimmert: „Tut mir leid Diana, ich war gestern
Abend wieder sehr verzweifelt und hatte kein Alkohol
im Haus. Da machte ich einen Spaziergang bis ich vorm
" Go Inn " stand. Da überlegte ich nicht lange, ging
hinein und setzte mich an die Theke. Bestellte mir ein
Cocktail und so weiter. Tut mir leid, bitte sei mir nicht
böse. Verzeih mir bitte. Wir holen das nach.
Versprochen."

„Okay, okay. Das kann ich gut nach voll ziehen. Ich

13

verzeihe dir, aber nur, wenn du mich heute noch auf einen Drink einlädst", fordert Diana und verschränkt beleidigt die Arme.

Joana schnauft tief durch und denkt. Muss das heute sein, mir geht es noch so bescheiden, aber für Diana mache ich das.

„Gut Diana, können wir machen", antwortet sie schließlich.

Diana freut sich über diese Aussage und meint: „Schön, dann zieh dich mal um, wir haben schon halb fünf und ich will nicht zu spät nach Hause, denn ich habe morgen Frühschicht wie du weißt."

„Okay, gut ich zieh mich grad um und dann können wir los."

Joana steht auf und läuft ins Schlafzimmer. Steht vor ihrem Schrank und überlegt was sie anziehen soll. Sie wühlt eine braune Cargo Hose heraus die noch aus Zeiten stammen, als sie mit Dennis zusammen war. Zieht sie an und stellt fest, dass sie ein wenig zu weit ist.

„Wie, die ist zu weit?", murmelt sie vor sich hin. Habe ich schon wieder abgenommen? Muss ich mir jetzt Klamotten in Größe 34 kaufen. So viel Geld verdiene ich an der Tankstelle auch nicht denkt Joana. Sie betrachtet sich im Spiegel und beschließt die Hose an zu lassen, ein Gürtel hält sie an der Hüfte. Sie nimmt ein rotes knappes enges Top aus dem Schrank und zieht es sich über. Betrachtet sich im Spiegel und fühlt sich gut. Die Base Kappe lässt sie auf, weil sie keine Lust hat sich die Haare zu stylen. Sie geht aus dem Schlafzimmer in den Flur und zieht sich bequeme schwarze Sneakers an. Diana, die bereits im Flur steht bewundert ihren tiefen Ausschnitt.

„Wow, du siehst ja cool aus und du bist heute sehr offenherzig", entgegnet ihr Diana die leicht errötet. „Du kannst durch das lässige Outfit, fast als Lesbe durchgehen."

„Danke für das Kompliment Diana vielleicht bin ich das ja auch",

äußert sie mit einem grinsen.

Diana hält die Luft an und ihre Augen blitzen.

„Hätte ich vielleicht eine Chance bei Dir?", fragt sie schüchtern.

„Ne Diana, nicht wirklich, um ehrlich zu sagen bist du mir zu maskulin. Ich mag dich als gute Freundin, aber

15

für eine Beziehung, ne, sorry", antwortet sie und schaut Diana mit einem liebevollen Blick an.

„Tja, dann hast du Pech, du weißt gar nicht was dir entgeht", witzelt Diana und öffnet Joana die Tür. Joana lacht und schüttelt den Kopf. Gemeinsam machen sie sich auf den Weg zum "Go Inn". Sie schlendern gemütlich und genießen die Abendsonne, die an einem warmen frühsommerlichen Tag noch herrlich scheint. Sie setzen sich auf die Terrasse von der Bar.

Sie hat zwar keine bequeme Ledersessel, dafür aber Rattan Stühle mit weichen Sitzkissen. Riesige Palmen stehen in den Ecken und kleinere mittendrin an den Tischen. Der Boden ist sandig. Man bekommt das Gefühl, an einem Strand zu sitzen. Fröhlich setzen sich Joana und Diana in eine Ecke wo die großen Palmen stehen. Diana zieht ihre Schuhe aus und fühlt mit den nackten Füssen den Sand. Sie lehnt sich im Stuhl zurück, schließt die Augen und meint genießerisch: „Das musst du auch mal machen, es gibt ein das Gefühl als wäre man im Urlaub, fehlt nur noch das Meer."

Joana lacht und freut sich das es Diana so gut gefällt. Sich die Schuhe auszuziehen traut sie sich nicht. Weil

16

der Barkeeper sie von gestern Abend schon beobachtet. Sie fragt sich was sie gestern Abend getan hat, das er so schaut. Sie würde sich jetzt am liebsten in Luft auflösen.

„Hey Joana, was ist los, woran denkst du schon wieder, warum bewahrst du so eine geduckte Haltung?", fragt Diana verwundert.

„Siehst du den Barkeeper?"

„Ja, sehe ich. Was ist mit ihm?"

„Er beobachtet mich schon die ganze Zeit, der war gestern Abend auch da gewesen, daran kann ich mich noch erinnern. Ich frage mich warum er die ganze Zeit hier her guckt", erklärt Joana flüsternd.

„Dann gehe ich jetzt mal hin und erkundige mich", sagt Diana und steht auf.

„Nein bitte tue das nicht", fleht Joana und hält Diana am Arm fest.

Diana nimmt liebevoll ihre Hand von Ihrem Arm und entgegnet:

„Lass mich mal machen, vielleicht hast du wirklich deine Rechnung nicht bezahlt." Joana reist die Augen auf und nickt.

„Okay gut, wäre mir echt peinlich, wenn ich…"

17

„Ja, ja, schon gut. Ich kläre das jetzt mit ihm", beruhigt
sie Joana und läuft zur Theke.

Joana beobachtet die beiden und der Barkeeper lacht,
als Diana mit ihm redet. Sie wundert sich was er so
komisch findet. Sie meidet den Blick zur Theke und
starrt in die Getränkekarte.

„Hey du Luder, du hast deine Zigaretten gestern Abend
liegen lassen, kannst froh sein das er so ehrlich ist", sagt
Diana lachend und legt ihr das Päckchen vor die Nase.
Setzt sich hin und wühlt wieder mit den Füssen im
Sand.

„Oh je, davon weiß ich überhaupt nichts", schaut zu ihm
herüber und bedankt sich bei ihm mit einer Geste.

„Aber die Rechnung habe ich bezahlt oder?", hackt sie
nach.

Diana grinst und antwortet beruhigend: „Ja, hast du.
Mach dir darüber keine Sorgen."

„Sag mal, wird man hier auch bedient, oder muss man
alles an der Theke bestellen?", fragt Diana leicht
genervt.

„Ne, glaube ich nicht, da drüben steht eine Bedienung,
die irgendwie im Stress zu sein scheint", entgegnet

18

Joana und zeigt mit dem Finger auf sie was diese bemerkt. Joana zieht schnell den Finger weg und schaut in eine andere Richtung. Diana dreht sich nach ihr um und sagt: „Oh Gott, was macht die denn hier, die kenne ich noch aus Schulzeiten", erzählt Diana und mustert sie.

Die Bedienung kommt zum Tisch und entschuldigt sich erst mal, dass sie solange warten mussten. Es sei ihr erster Tag und sie ist noch nicht so schnell. Diana schüttelt mit dem Kopf und äußert: „Nicht so schlimm Marina, wie geht es dir?", fragt Diana und betrachtet sie von oben bis unten. Sie hält die Luft an, beugt sich über den Tisch und stützt sich mit den Armen darauf ab. Marina grübelt eine Weile und Diana schaut ihr dabei in die Augen. Joana denkt, sie ist eigentlich ganz süß, schöne lange braune Haare die leicht auf die Schultern fallen, der Scheitel ist etwas durcheinander vom Wind, braune Augen, die Figur ist Top und ihr Styling ist lässig aber trotzdem noch sehr feminin. Genau mein Typ.

„Joana, Joana", ruft Diana.

„Wo bist du denn schon wieder mit deinen Gedanken.

Darf ich dir Marina vorstellen, wir waren zusammen in einer Klasse."

„Oh ja…, Sorry…, ich… ich bin Joana", stottert Joana und reicht ihr die Hand.

„Sehr erfreut Joana", entgegnet sie.

„Was wollt ihr denn trinken?", fragt sie hinterher.

Joana blättert nervös in der Getränkekarte und bestellt sich einen "Sex on the Beach", den Diana auch möchte.

Marina notiert es sich in ihren Block und dreht sich weg. Joana und Diana schauen ihr träumerisch nach.

„Hey Joana, woran denkst du schon wieder die ganze Zeit, doch nicht wieder an Dennis oder?", fragt Diana besorgt.

„Nein, keine Sorge. Ich überlege immer noch die ganze Zeit wie und wann ich Gestern nach Hause bin."

„Also der Barkeeper erzählte mir du seist um halb drei raus gewankt", berichtet Diana und feixt.

„Oh man Diana, lach mich doch nicht aus. Kann ja jedem Mal passieren. Mir fallen da auch so ein paar Abende ein…"

„Stopp, schon gut, ich höre auf, aber bitte erzähle das jetzt nicht hier. Ich möchte nicht, dass es Marina mit bekommt. Ich bin froh, dass ich sie wieder sehe und werde versuchen ihr zu zeigen, dass ich mich geändert habe", sagt Diana und beobachtet Marina die gerade mit ihren bestellten Cocktails auf sie zu kommt.

„He, wie jetzt?", fragt Joana irritiert. Diana winkt mit der Hand ab und flüstert: „Das erkläre ich dir später." Marina stellt die Cocktails auf den Tisch und Diana errötet dabei, weil Marina sie mit dem Arm berührt. Sie lächelt Diana an und läuft zur Theke.

„Puh, die Frau hat mich früher schon fasziniert", wispert Diana und zappelt auf dem Stuhl herum.

„Okay, schön, freut mich sehr für dich, hoffe sie ist genauso interessiert wie du", meint Joana und grinst.

„Lach nicht so, mein Herz explodiert gleich, lenk mich mal ein bisschen ab von ihr", bittet Diana.

Joana schaut Diana in die Augen, hebt ihr Glas und stößt mit ihr an. Sie trinken genüsslich und amüsieren sich über die weiteren Gäste. Sie bestellen sich ein weiteres Glas, wobei Diana wieder knall rot wird. Sie fühlen sich inzwischen leicht angetrunken und entscheiden sich zu gehen. Joana bezahlt die Rechnung, auf die Marina ihre Telefonnummer für Diana schreibt.

Diana freut sich sehr darüber und winkt ihr zum Abschied.

Marina nickt ihr lächelnd zu und widmet sich ihrer Arbeit. Sie laufen gemütlich durch die Stadt und begeben sich auf den Heimweg.

„Ja, ja Diana, so schnell kann es gehen und du bist nicht mehr Single", freut sich Joana für Diana.

„Jetzt mach mal halb lang, ich ruf sie erst mal an und dann sehe ich weiter", sagt Diana freudestrahlend.

Sie stehen vor Dianas Haustür und Joana geht noch mit hoch um sie aus zu quetschen was bei ihr und Marina damals gelaufen ist. In der Wohnung angekommen setzen sich auf die Couch.

„So, jetzt erzähl mal was damals mit dir und Marina war?"

Diana grinst über beide Ohren und antwortet: „Wer genießt, der schweigt!"

„Ach komm schon, das kannst du mir nicht an tun. Ich habe dir doch auch alles über meine Männergeschichten erzählt", bettelt Joana.

„Na gut, weil du es bist. Also wir waren zusammen auf

der Berufsschule und waren total heiß aufeinander, leider mussten wir uns immer beherrschen, weil wir damals noch zu jung waren um unsere Lesbische Seite der Außenwelt zu offenbaren. Ihre und meine Eltern sind damals ausgerastet als sie es heraus fanden, dass wir ein Paar sind. Sie haben uns jeglichen Kontakt zueinander verboten. Ich habe damals meine Ausbildung abbrechen müssen und bin mit meinen Eltern von Hamburg hier her nach Köln gezogen. Was für sie ein Fehler war, weil Lesben und Schwule hier eher anerkannt werden als in Hamburg", schildert sie und fängt an zu lachen.

Joana schüttelt mit dem Kopf und kann es kaum fassen, das die eigenen Eltern zu so was fähig sind.

„War sie deine große Liebe?", fragt Joana kleinlaut.

„ Ja das war sie, ich habe mit ihr die ersten und bisher schönsten Momente gehabt die ich je mit einer Frau erlebt habe, " beschreibt sie und versinkt in Gedanken.

„ Das muss hart für dich gewesen sein", meint Joana mitfühlend und nimmt Diana in den Arm, die kurz vorm weinen ist.

„ Das kannst du laut sagen, das war damals Hölle für

23

mich, sie aufgeben zu müssen, nur weil meine Eltern das nicht akzeptieren konnten. Sie verstehen es bis heute nicht. Wie du weißt habe ich keinerlei Kontakt zu ihnen, weil ich mein Leben, Leben möchte wie ich es will und nicht wie sie es gerne wollen", wimmert sie traurig. Joana wischt ihr die Tränen aus dem Gesicht und drückt sie ganz fest an sich.

„ Sei nicht traurig Diana, vielleicht hast du jetzt eine zweite Chance bei ihr und deine Eltern brauchst du schon seit Jahren nicht mehr, du lebst doch ohne sie glücklicher."

„Ja, da hast du recht, das tue ich durch aus und ich werde versuchen eine zweite Chance bei Marina zu bekommen, weil sie war das beste was mir je passiert ist", verdeutlicht Diana, atmet tief auf und wirft einen Blick auf die Rechnung, die auf dem Tisch liegt. Sie liest die Nummer und strahlt wieder.

„Na los worauf wartest du, schreib ihr eine SMS, sie freut sich bestimmt", sagt Joana motivierend.

„Meinst du wirklich?"

„Ja na klar, sie hat dir bestimmt nicht ihre Nummer gegeben um sie auswendig zu lernen. Los schreib ihr

24

was, worüber sie sich freuen wird, du kennst sie doch, du weißt doch was sie mag", ermutigt Joana und drückt ihr den Zettel in die Hand.

Diana grinst und sagt: „ Du hast recht, ich schreib ihr, ich weiß auch schon was süßes."

„ Na also, es geht doch. Nur Mut das wird schon."
Diana ist wieder glücklich und tippt mit zitternden Händen auf der Tastatur ihres Handys herum. Joana freut sich für sie und schaltet den Fernseher ein. Zappt durch die Programme und macht bei einen Bericht über Schwule und Lesben stopp. Es geht um Coming Outs und das Leben von ihnen. Interessiert vertieft sie sich in die Sendung und bekommt gar nicht mit, dass Diana ins Bett gegangen ist. Als sie bemerkt, dass sie alleine auf dem Sofa sitzt schaut sie auf die Uhr. Es ist inzwischen halb elf. Oh je, ich sollte mal langsam Heim gehen. Diana hat morgen Frühschicht. Sie sieht noch kurz nach Diana, die bereits tief und fest schläft und geht nach Hause. Legt sich ins Bett und schläft sofort ein.

Es klingelt an der Tür, Joana zieht die Decke über den

Kopf und ignoriert es. Der jenige an der Tür gibt nicht nach und läutet unentwegt weiter. Joana ist genervt, steht wutentbrannt auf, zieht sich schnell an und läuft zur Tür. Sie schaut durch den Spion und sieht einen unbekannten Mann.

„Ich kaufe nichts und eine Bibel lese ich auch nicht", ruft sie mürrisch, beobachtet den Mann durch den Spion und hofft, dass er wieder geht. Der Mann lacht laut los und sagt: „ Ich will nichts verkaufen, ich bin Ralf Weber. Ich habe dich am Samstag nach Hause gebracht."

Joana denkt an die Visitenkarte und fragt: „Hast du mir eine Karte von dir gegeben?"

„Ja hatte ich, du hast mein Autospiegel abgerissen und wolltest dich dies bezüglich bei mir melden", berichtet er. Joana bekommt ein schlechtes Gewissen, öffnet die Tür und bittet ihn rein.

„Magst du einen Kaffee?", fragt sie höflich.

„Ja sehr gerne."

Der Mann setzt sich auf das Sofa im Wohnzimmer und schaut sich um. Joana beobachtet ihn unauffällig durch den Türspalt von der Küche aus. Er hat eine Glatze, eine

lässige weite Jeans, weiße Sport Schuhe und ein Oliv
grünes Shirt an, wo ein kleiner Bauch zu erkennen ist.
An den Armen hat er verschiedene Tatoos. Joana
erinnert sich an diesen Bauch. Sie kommt aus der
Küche, stellt zwei Tassen frisch gekochten Kaffee auf
den Wohnzimmertisch und setzt sich in den Sessel.
„Okay, also du hast mich am Samstag Heim gebracht,
wie ist das mit den Spiegel passiert?", will Joana
wissen.
Er grinst und erzählt: „Du bist dagegen gerannt als du
eine Fußgänger Ampel überqueren wolltest. Du hattest
es mit dem Laufen nicht mehr so ganz hin bekommen.
Du bist ganz schön geschwankt und hast mir sogar noch
meine Hose voll gebrochen."
Joana schämt sich und versinkt im Sessel in eine
geduckte Haltung.
„Oh Gott ist das peinlich. Das tut mir total leid. Soll ich
dir die Hose waschen, was bekommst du für den
Spiegel, fürs Heim fahren….."
„Hey..., bleib mal ganz locker. Die Hose ist bereits
gewaschen. Dafür dass ich dich nach Hause gefahren
und bis hier hoch an die Tür geschleppt habe, möchte

27

ich gar nichts. Ich wohne um die Ecke. Nur den Spiegel hätte ich gerne ersetzt", unterbricht er sie und lächelt sie an. Joana, die sich jetzt am liebsten in Luft auflösen würde steht auf und holt ihr Portmanie.

„Sind fünfzig Euro genug für den Spiegel?", fragt sie kleinlaut und legt es ihm hin.

„Ja, das ist völlig okay. Ich habe noch keine Rechnung, aber ich denke das kommt hin. Wenn was übrig bleibt, gebe ich es dir zurück", sagt er und steckt den Schein in die Hosentasche.

„Gut okay, das ist mir wirklich sehr peinlich, du kannst den Rest auch behalten. Du hast mich schließlich auch nach Hause gefahren. Und deine Hose…! Oh Gott ist mir das unangenehm", sagt sie und hält sich schämend beide Hände vors Gesicht.

„ Ach, jetzt mach dir doch keinen Kopf, wir trinken alle mal ein über den Durst. Du bist nicht die einzige der sowas passiert", tröstet er sie, worauf Joana nickt und schluckt.

„Da hast du recht, aber es tut mir trotzdem sehr leid", wiederholt sie und schaut ihm in die Augen.

„Schon gut Joana. Wenn was von den fünfzig Euro

übrig bleibt, können wir davon Essen gehen. Ich hole
dich heute Abend ab, sofern du Lust hast?", fragt er,
wobei seine Augen blitzen.

Joana schüttelt mit dem Kopf und muss erst mal ihre
Gedanken sortieren.

„Was, wie zum Essen, nein tut mir leid. Das geht nicht,
ich muss heute bis 23Uhr arbeiten und danach esse ich
so gut wie nie", entgegnet sie und kaut sich nervös auf
den Fingernägeln herum.

„Hey, bleib mal locker, kein Grund nervös zu werden.
Ich will ja nur mit dir eine Kleinigkeit essen und nicht
von jetzt auf gleich eine Beziehung mit dir ein gehen.
Ich habe mich selbst am Samstag von meiner Freundin
getrennt, da brauch ich das jetzt nicht. Ich will mit dir
nur eine Freundschaft."

Joana lacht und sagt: „Stimmt, das hast du mir erzählt,
du hattest noch Klamotten im Auto. Kann das sein?"

„Richtig. An ein paar Momente scheinst du dich wohl
noch zu erinnern", stellt er fest und lächelt sie an. Joana
nickt und freut sich.

„Sag mal wo wohnst du jetzt eigentlich, wenn du dich
am Samstag von deiner Freundin getrennt hast?", fragt

sie neugierig.

„Ich wohne wieder hier um die Ecke, bei meiner Mum im Haus. Das Haus hat zwei Etagen, sie lebt unten und ich oben. Das funktionierte eigentlich immer, aber meine Mutter mochte meine Ex nicht. Deswegen habe ich bei ihr gewohnt", erzählt er mit trauriger Stimme und senkt den Kopf zu Boden.

„ Ach komm, es gibt so viele Frauen, du hast einfach noch nicht die richtige gefunden die zu dir passt", muntert sie ihn auf.

„Ja, da hast du recht. Frauen machen es einem aber auch nicht leicht."

„Stopp mal, ihr Männer seit auch nicht besser", spricht sie ihm dazwischen.

„Das ist wahr, keiner ist perfekt", stimmt er ihr zu und trinkt seinen Kaffee aus. Er schaut auf seine Armband Uhr und reißt die Augen auf.

„Was, haben wir schon halb zehn, ich hätte um neun in der Firma sein müssen", bemerkt er und steht panisch auf. Verabschiedet sich von Joana und geht.

Joana eilt zur Arbeit. Sie hat noch eine Stunde Zeit bis

Arbeitsbeginn, aber sie will Diana von heute Morgen
erzählen. Rasant fährt sie durch die Stadt zur Tankstelle,
parkt und wetzt hinein. Diana, die gerade das Zigaretten
Regal auffüllt wundert sich und schaut Joana verdutzt
an. „Was machst du denn schon hier, etwas früh oder?",
fragt sie und wirft einen Blick auf die Uhr.
Da gerade kein Kunde im Shop ist, fängt Joana gleich
an zu erzählen.
„Heute früh klingelte es bei mir Sturm, ich war total
genervt davon. Es war Ralf Weber, der hatte mich am
Samstag nach Hause gefahren, ich habe seinen Spiegel
abgerissen, seine Hose voll …"
„Stopp mal bitte, was hast du gemacht? Das ging mir
jetzt zu schnell. Bitte hole uns mal zwei Kaffee und
dann erzählst du mir nochmal alles in Ruhe. Heute ist
sowieso nicht viel los", fordert Diana, schnauft durch
und greift sich an den Kopf.
„Okay, okay", antwortet Joana und flitzt zum
Kaffeeautomat.
„Also, jetzt nochmal langsam zum mitschreiben. Ralf
Weber hat dich nach Hause gebracht. Das habe ich
verstanden aber wieso hast du seinen Spiegel abgerissen

31

und was ist mit seiner Hose?", fragt Diana und wartet
auf Antwort.

„Ich war doch so betrunken das ich kaum noch laufen
konnte. Da bin über eine Fußgänger Ampel geschwankt
und bin dabei gegen sein Auto gerempelt, wobei der
Spiegel abgerissen ist. Danach habe ich wohl noch seine
Hose voll gebrochen. Ich habe nicht genau nach gefragt
wie das passiert ist, die Tatsache ist schon peinlich
genug", offenbart Joana schamhaft und läuft rot an.

Diana grinst, schüttelt mit dem Kopf und äußert: „Oh
man Joana, dich kann man nicht alleine lassen."

„Ach jetzt komm, so schlimm bin ich auch wieder nicht,
das kann doch jedem Mal passieren. Er ist ja auch ganz
nett. Ich habe ihm fünfzig Euro für den Spiegel gegeben
und er wollte wenn die Kosten günstiger ausfallen, von
dem übrigen Geld mit mir Essen gehen", erzählt sie
freudestrahlend.

„Super, was für ein Held, als könnte er so eine
bezaubernde Frau wie dich nicht von seinem Geld zum
Essen einladen", schimpft Diana und verschränkt die
Arme.

„ Bleib Mal ganz ruhig. Rede doch nicht gleich so

schlecht. Ich habe es sowieso abgelehnt. Wenn ich eins
nicht brauchen kann, dann ist es eine Beziehung im
Moment. Außerdem hat er daran auch kein Interesse,
seine Ex-Beziehung ist auch noch nicht so lange her.
Am Samstag um genau zu sein. Er will nur eine
Freundschaft mit mir", beruhigt sie Diana die Joana mit
einem skeptischen Blick mustert.

„Glaubst du das wirklich, dass er das will?"

„Ich weiß nicht so genau ob das stimmt, aber ich bin mir
sicher, dass ich keine Beziehung in nächster Zeit
möchte."

„Wie läuft es eigentlich mit Marina, hat sie dir schon
geantwortet?", wechselt Joana das Thema und lächelt
Diana an. Diana setzt ein breites grinsen auf und errötet.
In diesem Moment kommt ein Kunde herein und schaut
Diana verblüfft an.

„ Ich habe an der fünf getankt", meint er und wühlt in
seinem Portmanie nach Scheinen " Diana nickt und
kassiert ihn ab. Der Kunde verlässt den Shop und fährt
vom Hof.

„Du musst doch nicht gleich rot anlaufen wie eine
Ampel", feixt Joana und trinkt ihren Kaffee aus.

„Das musst du grad sagen, du bist auch nicht besser
wenn es um solche Dinge geht. Los, hole mal deine
Kasse, ich will Feierabend machen. Ich treffe mich
gleich mit Marina", antwortet sie und schiebt Joana zum
Tresor worin ihre Kasse steht.

Joana lacht und freut sich für Diana, dass sie sich mit
Marina wieder so gut versteht. Sie nimmt ihre Kasse
und wechselt mit ihr.

Da nicht viel los ist, kümmert sie sich um die Bestellung
die bis Mitte der Woche gesendet sein muss. Sie füllt
die Regale und Kühlschränke auf und kassiert
zwischendurch Kunden ab.

Gegen späten Nachmittag zum Feierabendverkehr ist
Tankstelle und Shop voll. Die Schlange steht bis zur Tür
und Joana hat den vollen Überblick. Nach einer Stunde
ist der Trubel rum und es ist wieder normal Betrieb.
Gegen Abend wird es noch ruhiger und Joana schließt
um elf Uhr die Tankstelle ab. Sie schaltet den Alarm
scharf und läuft zum Auto das um die Ecke steht.
Plötzlich steht wie aus dem nichts, Ralf hinter ihr und
spricht sie an. Vor Schreck zuckt sie zusammen, hält die
Luft an und meint: „Was machst du denn hier? Musst du

mich so erschrecken?"

Sie verspürt ein wenig Angst und steht wie versteinert
vor ihm.

„Hast du vielleicht jetzt Lust mit mir was essen zu
gehen?", fragt er liebevoll und lächelt sie an. Joana
überlistet ihre Angst und denkt, warum eigentlich nicht,
was soll schon passieren. Er hat mich am Samstag auch
gut nach Hause gebracht.

„Gerne, ich habe heute sowieso noch nichts weiter
gegessen. Wo wollen wir denn hin?"

Er freut sich, strahlt sie an und fragt: „Was hältst du von
Pizza?"

„Das hört sich gut an. Willst du fahren oder soll ich?"

„Ich würde gern fahren, ich bringe dich nachdem Essen
auch wieder hier her zurück", entgegnet er. Läuft zu
seinem Auto, öffnet die Beifahrertür und bittet Joana
einzusteigen.

Lächelnd steigt sie ein und schnallt sich an. Auf dem
Weg zur Pizzeria hören sie leise Musik. Joana ist nervös
und antwortet stotternd auf seine fragen. In der Pizzeria
isst Joana eine Pizza Hawaii. Die hatte sie lange nicht
mehr und genießt sie in vollen Zügen. Nachdem sie

gegessen hatten, fährt Ralf sie wieder zurück zur
Tankstelle.

Sie tauschen die Handynummern aus und Joana fährt
mit Herzklopfen nach Hause. Sie ist kaum die Haustür
rein, da hat sie schon die erste SMS von Ralf.

„Es war ein schöner Abend mit dir. Ich würde das gerne
mit dir wiederholen. Wünsche dir eine gute Nacht und
süße Träume."

Joana fühlt sich geschmeichelt und schreibt zurück: „
Danke, das fand ich auch. Ich hoffe wir sehen uns bald
wieder. Wünsche dir auch eine gute Nacht."

Sie schreiben sich noch eine ganze Weile, bis Joana die
Augen nicht mehr offen halten kann.

Glücklich fährt sie zur Arbeit. Sie ist zwar noch halb
verschlafen, aber es gelingt ihr noch pünktlich
anzukommen.

„ Sag mal, wo bleibst du denn heute? Warst du gestern
wieder unterwegs, oder warum kommst du so spät?",
fragt Diana und deutet auf die Uhr.

„ Sorry, ich war gestern Abend noch mit Ralf was Essen
und habe mit ihm die halbe Nacht SMS geschrieben. Ich

bin etwas zu spät aufgestanden, aber ich bin doch noch pünktlich", kontert Joana und holt ihre Kasse aus dem Tresor.

„ Wie, du warst mit ihm Essen? Wie kommt das denn jetzt? Ich dachte du hättest kein Interesse an ihm?", fragt Diana verwundert.

„ Habe ich ja auch nicht, war aber trotzdem schön mit ihm und seine Komplimente tun mir auch gut. Er ist wirklich ein lieber Kerl.", erzählt sie freudig.

„Euch Frauen muss man nicht verstehen. Heute so, morgen so. Aber ich gönne dir das. Pass trotzdem auf, dass er dich nicht nur ausnutzt", entgegnet Diana und schaut Joana mit einem liebevollen Blick an.

„Nein, keine Sorge. Ich pass schon auf. Bis jetzt ist ja auch noch nichts gelaufen. Ich bin nicht so eine, das weißt du genau."

Diana nickt und sagt: „Ja ich weiß schon, ich habe doch auch nur Angst um dich. Das du wieder an einen Mann gerätst, der dich nur ausnutzt."

„Danke, das ist lieb. Wie läuft es eigentlich mit Marina, habt ihr euch gestern getroffen?", lenkt Joana ab.

Diana grinst und antwortet: „ Wir haben gestern einen

37

schönen Nachmittag verbracht, fast wie in alten Zeiten. Aber zusammen sind wir noch nicht. Wir wollen es nicht gleich überstürzen. Heute treffen wir uns wieder und ich freu mich schon sehr darauf."

„Schön das freut mich für dich, aber was stehst du noch hierherum. Mach dich los", drängt Joana.

„Schon gut, bin ja schon weg, pass auf dich auf und ich wünsche dir eine angenehme Schicht", sagt Diana und verlässt den Shop.

Joana winkt ihr noch nach und konzentriert sich auf die Arbeit. Da wieder nicht so viel los ist, sucht sie die abgelaufenen Zeitungen aus dem Regal heraus und bündelt sie stapelweise zusammen. Zwischendurch kassiert sie ein paar Kunden. Zum Feierabendverkehr ist wie jeden Tag hoch Betrieb, was sich nach eins, zwei Stunden wieder beruhigt. Kurz vor Feierabend kommt Ralf auf die Tankstelle gefahren. Joana sieht ihn und ihr Herz beginnt zu rasen. Sie füllt gerade das Zigarettenregal auf und wird nervös. Ihr fallen die Päckchen aus der Hand. Sie bückt sich danach und knallt mit dem Kopf an die Kante des Regals. Vor Schmerz hält sie sich den Kopf.

„Alles okay? Hast du dir weh getan?", fragt Ralf besorgt
der inzwischen vor ihr steht. Sie beißt die Zähne
zusammen und antwortet kleinlaut: „ Ja klar ist alles
okay, war nicht so schlimm."

„Schön, das beruhigt mich. Kann ich einen Kaffee
trinken?"

„Natürlich kannst du das, zieh dir einen am Automaten.
Becher stehen daneben", erklärt sie ihm.

„Und was ist mit bezahlen?", fragt er entsetzt.

„Ah ja klar, 1.10€ bitte", antwortet sie rasch und tippt
mit zittrigen Händen auf der Tastatur herum. Er reicht
ihr das Geld und Joana legt es in die Kassenschublade.
Sie beobachtet ihn und spürt wie sie innerlich zappelig
wird. Er stellt sich an den Steh Tisch und genießt seinen
Kaffee. Dabei betrachtet er Joana die ganze Zeit, die
immer nervöser wird. Sie füllt die Kühlschränke auf und
streift ihn jedes Mal, wenn sie an ihm vorbei läuft. Das
ihr ein kribbeln im Bauch bereitet. Er bleibt die ganze
Zeit da und unterhält sich mit ihr wenn kein Kunde im
Shop ist. Sie erfreut sich über seine Komplimente, die er
ihr macht und wird neugierig auf ihn.
Kurz vor Ladenschluss fragt sie ihn ob er noch Lust hat

mit ihr nach Hause zu gehen auf einen Kaffee oder irgendwas anderes.

Er willigt freudig ein und lächelt sie an. Zum Kassenabschluss schickt sie Ralf raus. Sie schließt alles ab und schaltet den Alarm scharf. Joana dreht sich um und steht direkt vor Ralf. Sie schaut ihm in seine grünen Augen. Er kommt näher an ihr Gesicht und küsst sie. Sie erwidert seinen Kuss, umarmt ihn und er zieht sie näher an sich heran. Voller Leidenschaft küssen sie sich und Joana bemerkt das er ziemlich heiß wird und sie immer fester an sich drückt. Er greift ihr unter das T-Shirt wovon Joana ein ungutes Gefühl bekommt. Sie drückt ihn von sich weg und bittet Ralf aufzuhören. Er reagiert nicht darauf und hält sie fest, drückt sie an sich, öffnet ihre Hose und fasst mit der Hand grob hinein. Joana brüllt ihn an: „ Lass mich in Ruhe, ich will nicht."
„Da bist du jetzt selbst dran schuld, erst heiß machen und dann zurück weisen, vergiss es", antwortet er und dringt gewaltsam mit zwei Fingern in sie ein.
Sie schreit auf, gerät in Panik, drückt Ralf mit aller Kraft von sich weg und tritt ihm mit dem Knie in die Mitte. Er lässt sie los, hält seine Hände davor und

40

schnappt nach Luft. Joana zieht flott ihre Hose hoch und
rennt zum Auto, startet hektisch den Motor und fährt
los. Sie blickt in den Rückspiegel und bemerkt, dass
Ralf hinter ihr ist und ziemlich dicht auffährt. Joana
zieht ihr Handy aus der Hosentasche und ruft Diana an.
Völlig aufgelöst und stotternd erzählt sie ihr was eben
geschehen ist. Diana bietet Joana an zu ihr zu kommen
um sich vor ihm zu verstecken. Rasant fährt sie durch
die Stadt um Ralf abzuhängen der dicht hinter ihr ist.
Sie weint und es fällt ihr schwer sich auf die Straße zu
konzentrieren. Sie parkt ihr Auto in Dianas Hof und
Ralf stellt sich hinter sie. Panisch versucht sie die Türen
zu verriegeln was sie nicht schafft. Er steht bereits an
der Fahrertür und reißt sie auf, zerrt Joana brutal aus
dem Auto und schlägt auf sie ein. Er haut ihr mit der
Faust ins Gesicht, wovon ihre Lippe aufplatzt. Ralf
prügelt stürmisch weiter und immer weiter auf Joana
ein, bis sie zu Boden fällt. Sie kann sich nicht gegen ihn
wehren und schreit laut nach Hilfe. Diana, die bereits
die Polizei alarmiert hat, rennt aus dem Haus um Joana
zu helfen. Sie läuft auf ihn zu und klammert sich von
hinten an ihm fest. Er befreit sich und schleudert Diana

41

mit einem heftigen Stoß gegen die Hauswand.

„Halte du dich daraus, oder willst du so enden wie sie?", brüllt er und deutet auf Joana. Er tritt Joana heftig in den Bauch und beschimpft sie fürchterlich. Plötzlich kommt ein Streifenwagen mit zwei Polizisten in den Hof gefahren. Sie stürmen aus dem Auto und eilen zu Joana und Ralf. Sie packen ihn von hinten an den Armen, worauf er sofort um sich schlägt. Die Beamten haben Schwierigkeiten ihn festzuhalten. Nach mehreren Versuchen schaffen sie es und legen ihm Handschellen an. Sie setzen ihn auf die Rückbank des Polizeiwagens. Joana liegt zusammen gekrümmt und schmerzerfüllt am Boden. Diana versucht sie hoch zu heben, jedoch bereitet ihr das so starke Schmerzen, dass sie aufschreit. Die Lippe ist aufgeplatzt, ihre Nase blutet ununterbrochen und ihre Augen sind geschwollen. Mit wackeligen Beinen lehnt sie sich ans Auto und hält sich den Bauch. Diana fragt: „Soll ich dich ins Krankenhaus fahren?"

Joana schüttelt mit dem Kopf und wimmert: „Ich will mich einfach nur hin legen, mir tut alles weh. Dieses Schwein. Wie konnte ich nur so naiv sein?"

Diana streichelt Joana tröstend über den Rücken und stützt sie, damit sie nicht umfällt. Ein Polizist kommt auf sie zu und berichtet: „Den haben wir schon gesucht. Er hat am Samstag seine Freundin Krankenhausreif geschlagen. Wollen sie Anzeige erstatten?"

Joana nickt und der Beamte nimmt die Anzeige auf. Er fragt noch ob er einen Krankenwagen rufen soll, das Joana verneint.

Sie fahren mit Ralf im Auto vom Hof. Diana und Joana gehen in die Wohnung. Joana legt sich auf das Sofa und atmet tief durch. Diana versorgt ihre Wunden und sagt: „ Mensch Joana, an was für Männer gerätst du nur. So ein Schwein! Das ist ja wohl das allerletzte, eine hilflose Frau zu schlagen, nur weil sie nicht will."

Joana kauert sich auf dem Sofa zusammen, weint unentwegt und wimmert: „Ich kann doch nichts dafür, ich ziehe solche Männer Magisch an. Ich habe jetzt endgültig die Nase voll, ich will jetzt kein mehr."

Diana streichelt ihr über den Kopf und meint: „ Jetzt erholst du dich erst Mal und morgen gehst du zum Arzt. Lass dich mal untersuchen und krank schreiben. So kannst du auf gar keinen Fall arbeiten. Ich sage

43

morgen unserem Chef, dass du einen Unfall hattest. Von
Ralf muss er nichts wissen."

Joana schnauft durch und antwortet: „ Ja, da hast du
recht, ich gehe morgen zum Hausarzt und erhole mich."

Sie unterhalten sich noch die halbe Nacht, bis Joana ein
schläft.

Sechs Monate später….

Joana steht in der Tankstelle und ist glücklich. Sie ist
seit einem Monat voll angestellt und verdient dadurch,
dass doppelte.

Ihre Wunden sind verheilt. Sie macht eine Therapie, um
ihre Vergangenheit zu verarbeiten. Sie trinkt kein
Alkohol mehr, weil sie erkannt hat, dass es nicht die
Lösung für ihre Probleme ist.

Diana hat Spätschicht und Joana wartet bereits auf sie.
Es ist fünf nach zwei. Joana hat um halb drei einen
Termin bei ihrer Psychologin. Sie kassiert ungeduldig
die Kunden und schaut ständig aus dem Fenster. In der
Hoffnung, dass Diana gleich auf dem Hof gefahren

kommt. Zehn Minuten später rast Diana auf dem Hof und stürmt in den Shop. „Sorry Joana, es ging nicht schneller. Ich konnte mich nicht von meiner süßen trennen. Bitte sei mir nicht böse." Joana lacht, schüttelt mit dem Kopf und erwidert: „Schon gut Diana, ich bin dir nicht böse. Ich habe ein Termin um halb drei bei der Psychologin."

„Oh, verdammt, das hatte ich vergessen. Komm mach dich los, ich rechne nachher deine Kasse ab. Komm vorbei wenn du deinen Termin erledigt hast, um den Beleg zu unterschreiben", bietet Diana an und zieht Joana von der Kasse weg.

„Danke, das ist super. Ich mach mich gleich auf den Weg. Bis später", antwortet Joana, eilt zum Auto und fährt los.

Sie schafft es noch pünktlich bei ihrer Psychologin zu sein. Sie stürmt in die Praxis und kann sofort ins Behandlungszimmer. Dort setzt sie sich in einen der vorhandenen Lederstühle. Sie beobachtet die Fische in einem Aquarium, dass in der Ecke steht. Sie wirken auf sie beruhigend. Die Gedanken von dem letzten Abend mit Ralf steigen in ihr auf, was sie gerade nicht stört.

45

„Hallo Frau Heil, wie geht es ihnen heute?", fragt Frau Hoffmann, die gerade das Zimmer betritt und Joana die Hand reicht.

„Danke, soweit ganz gut. Ich habe seit vier Wochen keinen Alkohol angerührt und bisher auch kein Verlangen danach", antwortet Joana stolz. „Super, freut mich sehr für sie. Wir sollten heute mal anfangen über ihren verstorbenen Sohn zu reden", schlägt Frau Hoffmann vor. Joana atmet tief durch, legt den Kopf zurück und fasst sich mit beiden Händen ins Gesicht. Legt sie um Mund und Nase, schnauft nochmals tief durch und sagt:

„Okay, sie haben recht, ich sollte es wirklich mal abschließen."

„Richtig Frau Heil, befreien Sie sich von der Trauer, dann wird es ihnen besser gehen. Erzählen Sie mir ein wenig wenn Sie können", entgegnet die Psychologin und setzt sich Joana gegenüber.

Joana versinkt in Gedanken und überlegt wie sie anfangen soll. Ihr Puls fängt an zu rasen. Ihr Herz schlägt jetzt schon bis zum Hals. Sie lässt sich aber davon nicht irritieren und atmet erneut tief ein und aus.

„Sie müssen nicht wenn Sie nicht können. Wir haben keine Eile", beruhigt sie Frau Hoffmann.

„Doch ich möchte aber, ich fang jetzt einfach mal an zu erzählen", erwidert Joana und streicht sich mit den Fingern durch ihre halb langen braunen Haare.

„Es war der schönste Tag in meinem Leben, als ich erfuhr, dass ich schwanger bin. Ich und Dennis hatten es schon länger geplant und endlich hatte es geklappt. Die Schwangerschaft verlief super und wir freuten uns riesig auf den Kleinen. Dennis genoss noch in der Zeit seinen Freiraum. Er traf sich oft mit seinen Kumpels. Ich störte mich nicht daran, wenn er mit ihnen um die Häuser zog. Ich war glücklich zu spüren wie unser Baby in meinem Bauch heran wuchs. Seine Bewegungen und Tritte wahrzunehmen. Nach neun Monaten war es soweit. Die Wehen setzten ein und Dennis fuhr mich ins Krankenhaus. Nach sieben Stunden war Manuel da. Die Geburt war komplikationsfrei verlaufen. Er hatte ein gutes Gewicht, war 42cm groß und völlig gesund. Er hatte sogar schon Haare auf den Kopf, die in alle Richtungen standen. Stolz trug ich ihn in meinem Armen, stillte ihn bereits schon am ersten Tag und

47

konnte mein Glück kaum fassen. Dennis, der bei der
Geburt dabei war, ist danach mit seinen Freunden auf
die Vaterschaft was trinken gegangen. Nach vier Tagen
konnte ich mit Manuel nach Hause."

Joana verstummt nach diesem Satz und Tränen schießen
ihr in die Augen. Sie zittert am ganzen Körper. Sie legt
ihre rechte Hand auf die Stirn und senkt den Kopf zu
sich herunter.

„Sie müssen nicht weiter erzählen, es ist schon mal ein
guter Schritt bis jetzt. Der Anfang ist gemacht", meint
Frau Hoffmann tröstend, beugt sich zu Joana vor und
streichelt ihr über die Schulter.

„Nein, ich werde nicht aufhören! Ich gehe jetzt eine
Zigarette rauchen und danach erzähle ich weiter",
schluchzt Joana, wischt sich die Tränen weg und steht
auf.

„Das ist in Ordnung Frau Heil, dann sehen wir uns
gleich wieder. Ich hole uns zwei Tassen Tee in der
Zeit." Joana nickt, verlässt den Raum, geht auf den
Balkon und steckt sich eine Zigarette an. Joana zieht so
heftig daran, dass sie nach fünf Zügen aufgeraucht ist.
Ihr Kopf wird wieder klarer und sie fast all ihren Mut

zusammen, um ihr Schicksal bis zum Ende zu erzählen.
Sie drückt den Stummel im Aschenbecher aus. geht
zurück ins Behandlungszimmer, wo Frau Hoffmann auf
sie wartet.

„Ich hoffe Sie mögen Früchtetee?", fragt diese.

„Ja sehr gerne, ich danke ihnen", entgegnet Joana und
setzt sich in den Sessel.

„Sind sie bereit fortzufahren oder ist es ihnen zu viel?",
erkundigt sich Frau Hoffmann im liebevollen Ton.

Joana senkt den Kopf, starrt auf die Tasse Tee und sagt
kleinlaut: „Ja ich möchte weiter erzählen. Es kreist jetzt
in meinem Kopf herum und ich möchte es endlich
verarbeiten."

„Gut, sehr schön Frau Heil, dann fahren sie fort",
fordert die Psychologin.

„Als wir zu Hause waren, besuchte uns die ganze
Familie, um Manuel sehen zu können. Jeder wollte den
Kleinen auf dem Arm halten. Alle waren von ihm
angetan. Meine Schwiegermutter erteilte mir gleich
Ratschläge, wie ich mit ihm um zu gehen hätte. Als
wenn ich das nicht selber gewusst hätte. Aber sie hat es
eben gut gemeint. Die Wochen vergingen und wir drei

waren eine glückliche Familie. Bis zu dieser einen
schrecklichen Nacht."

Joana bricht in diesem Moment wieder in Tränen aus
und hält sich beide Hände vors Gesicht. Schnauft tief
durch und Frau Hoffmann reicht ihr ein Taschentuch.
Joana wischt sich damit die Tränen weg, putzt sich die
Nase und erzählt weinerlich weiter:

„Ich werde diese Nacht niemals vergessen. Ich war total
übermüdet von den letzten Wochen. Ich hatte mir zwar
den Wecker auf zwei Uhr gestellt, um Manuel in der
Nacht zu versorgen, aber ich hörte ihn nicht. Dennis
hörte ihn auch nicht, er kümmerte sich nicht darum, er
war der Meinung, es sei meine Aufgabe mich um
Manuel zu kümmern. Ich sei schließlich seine Mutter.
Er geht arbeiten und bringt das Geld nach Hause. Ich
wachte zwei Stunden später auf. Schaute auf die Uhr
und riss die Augen auf als ich sah, dass es kurz vor vier
war. Hastig sprang ich aus dem Bett und eilte in
Manuels Zimmer. Ich hob ihn aus seinen Bettchen und
legte ihn auf meinen Arm. Er rührte sich nicht. Er fühlte
sich total kalt an und atmete nicht mehr. Ich fing sofort
an zu weinen und rief panisch nach Dennis. Er schaute

ihn an und brüllte:

„Du hast ihn umgebracht, was hast du getan."

Er riss ihn aus meinen Händen und schüttelte ihn.

Ich rannte aus dem Zimmer und rief den Notarzt, der
nach fünf Minuten eintraf. Er untersuchte Manuel und
stellte fest, dass er an einem plötzlichen Kindstod starb
und wir uns keine Vorwürfe machen sollen. Das passiert
oft und kann man leider nicht voraus sehen. Ich weinte
Tagelang ununterbrochen. Ich konnte es nicht begreifen.
Warum uns so etwas passiert war, wobei ich mir richtig
viel Mühe gegeben hatte und versucht hatte alles richtig
zu machen. An Manuels Beerdigung, sagte mir Dennis,
dass er mich verlassen wird. Er blieb auf den
Standpunkt, ich sei schuld an Manuels Tod. Er stritt
sogar die Vaterschaft ab. Er wollte nichts mehr damit zu
tun haben. Nach vier Wochen hatte er eine andere Frau,
mit der ist er heute verheiratet. Kinder hat er keine mit
ihr. Seine neue Frau möchte keine."

Joana verstummt und Tränen laufen ihr das Gesicht
herunter.

„Ich bin stolz auf sie Frau Heil, dass sie sich dieses
erschütternde Schicksal von der Seele geredet haben.

51

Ich denke es wird sie noch eine ganze Weile
beschäftigen, aber ich hoffe sie greifen jetzt nicht
wieder zur Flasche oder?"

Joana schluckt, atmet tief durch und sagt: „Nein das
werde ich nicht tun. Das bringt mich nicht weiter. Es
macht alles nur noch schlimmer."

„Schön freut mich. Glauben sie an sich, sie schaffen
das. Der erste Schritt zur Besserung ist getan. Sie
müssen es jetzt nur verarbeiten und loslassen. Ich bin
mir sicher sie schaffen das", ermutigt sie Joana.

„Ja ich mir auch, ich danke ihnen fürs zu hören",
entgegnet Joana und steht auf.

„Dafür bin ich da und sie hier Frau Heil. Alles wird gut
werden", sagt Frau Hoffmann und reicht Joana die
Hand. Joana erwidert den Händedruck und verlässt die
Praxis. Auf dem nach Hause weg, kreisen ihr noch die
Gedanken im Kopf hin und her. Sie schaltet den
Fernseher ein und zappt durch die Programme. Sie muss
plötzlich an Diana denken, die endlich ihr Glück
gefunden hat. Sie hat sich auch jahrelang nur gequält,
immer die falschen Frauen gehabt. Jetzt hat sie ihre
erste große Liebe wieder zurück und die beiden sind

total glücklich. Sie leben zusammen in einem Haus, haben einen Hund und sind am überlegen sich ein Kind zu adoptieren. Joana hat zwar nicht mehr so viel mit Diana zu tun, sie sehen sich mehr oder weniger nur noch an der Arbeit, aber das stört Joana nicht. Sie freut sich für sie, dass es ihr gut geht mit Marina.

Im Fernseher läuft gerade ein Bericht über Homosexualität. Wie ihr Verhalten ist und was für Locations es in Deutschland gibt. Mitunter auch Köln. Joana hört interessiert zu und überlegt sich, so eine Bar mal zu besuchen. Was ist schon dabei, von Männern werde ich da bestimmt nicht belästigt, denkt sie sich und schaltet ihren PC ein, um sich im Internet Adressen von Gay-Bars auszudrucken. Sie findet auf an hieb gleich zwei Gay und Lesbian Diskotheken die sie sehr interessieren. Sie überlegt am Wochenende dort mal hin zu gehen. Vielleicht gehen ja Diana und Marina mit, denkt sie und beißt sich nervös auf der Unterlippe herum. Eine Weile sitzt sie noch da und denkt über den heutigen Tag nach, schaut auf die Uhr und beschließt sich schlafen zu legen. Es ist bereits halb zwölf und sie

53

hat diese Woche Frühdienst und muss um vier schon wieder aufstehen.

„Guten Morgen Frau Heil, wie geht es ihnen?", fragt eine weibliche Stimme Joana, die gerade die Zeitungen ins Regal ein sortiert. Joana dreht sich um und sieht Frau Hoffmann.
„Ach guten Morgen, schon so früh unterwegs?", entgegnet Joana verblüfft.
„Ja, ich muss meinen Sohn zum Flughafen fahren und habe es ziemlich eilig. Ich habe an der fünf getankt und geben sie mir bitte noch ein Päckchen Marlboro." Hastig wetzt Joana hinter die Kasse, scannt die Zigaretten und drückt den Betrag von der Zapfsäule in die Kasse.
„Das macht genau dreiundsechzig Euro, Frau Hoffmann."
„Gut, ich zahle mit Karte."
Joana nimmt die Karte von Frau Hoffmann und zieht sie durch das Kartenlesegerät.
„Mir geht es gut Frau Hoffmann, die Sitzung hat mir gestern sehr gut getan", flüstert Joana während der

Vorgang bearbeitet wird und lächelt sie an. Frau
Hoffmann nickt und lächelt zurück.

„Das freut mich sehr", fügt sie leise hinzu. Das
Lesegerät akzeptiert die Karte und aus dem Drucker
kommen die Belege. Zügig kritzelt sie ihre Unterschrift
auf die Rechnung, dreht sich um, wünscht Joana noch
einen angenehmen Tag und verlässt mit schnellen
Schritten den Shop. Joana winkt ihr noch nach und
kassiert den nächsten Kunden ab. Der frühe
Berufsverkehr beginnt so allmählich. Der eine tankt, der
andere kauft Zigaretten oder Zeitungen oder einfach nur
einen Kaffee. Jeden Morgen um die gleiche Zeit,
derselbe Betrieb und fast immer die gleichen Kunden.
So das Joana oft weiß was sie kaufen wollen. Das die
Kunden sehr freut, so geht es zügig voran und alle
gelangen schneller zu ihrer Arbeitsstelle.
Kurz vor zwei kommt Diana auf den Hof gefahren.
Joana denkt an gestern, als sie sich die Gay-Bars raus
gesucht hat. Soll ich Diana einfach mal fragen ob sie
mit ihrer süßen mich am Wochenende begleiten wird.
„Hallo Joana, ich bin heute pünktlich wie die
Kirchenmaus. Ich konnte mich heute von Marina eher

los reisen. Am Samstag, also morgen kommen uns ihre
Eltern besuchen, wo ich ehrlich gesagt schon Angst
habe, wie sie auf mich reagieren werden."

Joana schaut Diana verwirrt an und sagt entsetzt:

„Wie Marinas Eltern kommen euch besuchen, wissen
sie das ihr zusammen seid?"

„Ja, und sie wollen es versuchen zu akzeptieren, bzw.
mich akzeptieren", antwortet Diana und verzieht
ängstlich das Gesicht.

„Okay, schön. Freut mich für dich und ich hoffe, dass
du das überlebst. Eigentlich wollte ich dich fragen ob du
und Marina Lust hättet mit mir in eine Gay& Lesbian
Bar zu gehen. Ich traue mich nicht alleine", sagt Joana
kleinlaut.

„Ach süße. Sorry, das klappt leider dieses Wochenende
nicht. Aber das schaffst du auch alleine. Es wird dich
bestimmt kein Mann belästigen wenn du da hin gehst.
Das kannst du mir glauben und so brutale Frauen wie
Ralf findest du da bestimmt auch nicht. Das kann ich dir
versichern", ermutigt Diana und zwinkert Joana zu.

„Ich glaube du hast recht, ich werde einfach mal hin
gehen, wenn es mir nicht gefällt, dann kann ich immer

noch nach Hause gehen."

„Genauso gefällst du mir, nur Mut Joana. Wo willst du denn eigentlich hin gehen. Hast du dich schon informiert?"

„Ja, ich habe mir zwei interessante Clubs im Internet herausgesucht die sich in der Innenstadt befinden", antwortet Joana entschlossen.

Diana sieht sie erstaunt an und meint: „Ja die Clubs sind super, da findest du auf alle Fälle was und du wirst nicht von Männern an gegraben."

„Schön, das möchte ich auch nicht mehr, ich habe die Nase voll von denen", sagt Joana lachend und meldet ihre Kasse ab.

Diana lacht laut und antwortet: „Da hättest du ja mal eher drauf kommen können, dann hätte ich dich mal richtig angemacht."

„Nee du, du bist nicht mein Typ, das sagte ich dir schon mal", entgegnet Joana kess und kneift Diana in die Seite.

„Hey, werde mal nicht übermütig. Ich weiß doch, dass ich nicht deinen Vorstellungen entspreche, aber ich denke du wirst dein Glück noch finden, nur Geduld."

57

„Die habe ich Diana. Ich werde mich heute Abend
schick machen und einfach los ziehen."
„Super Idee, aber gehe auch wirklich", sagt Diana und
schimpft mit dem Zeigefinger.
„Mach ich schon. Ich gehe jetzt erst mal Heim und
schlaf noch ein bisschen, dass ich heute Abend fit bin",
versichert Joana und schlendert aus dem Shop.
„Okay. Tschau bis nächste Woche", antwortet Diana
und kassiert einen Kunden.

Zuhause steht Joana vor ihrem Kleiderschrank und
überlegt was sie heute Abend anziehen soll. Sie
entscheidet sich für rote Unterwäsche, eine verwaschene
Blue-Jeans, ein schwarzes seidiges Trägertop mit V-
Ausschnitt und ihre schwarz weißen Puma Sneakers.
Die sind bequem denkt sie sich. Sie legt die Sachen auf
das Bett und entschließt sich noch ein bisschen zu
schlafen.
Durch das Klingeln von ihrem Handy wird sie wach.
Mit verschlafener Stimme sagt sie: „Hallo, wer ist da?"
„Hey du Schlafmütze, ich bin es Diana. Ich wollte mich
mal vergewissern ob du heute auch weg gehst, wie du es

dir vorgenommen hattest."

Joana reibt sich die Augen und schaut auf ihre Armbanduhr. Es ist halb zehn und sie ist total müde. Sie hat keine Lust aufzustehen und verkriecht sich in die Decke.

„Hallo Joana aufstehen, Partytime", ruft Diana ins Handy und Joana nimmt es vor Schreck von ihrem Ohr weg.

„Ja, ist doch gut, ich stehe auf. Habe mir schon Sachen raus gelegt die ich anziehen möchte. Ich gehe gleich duschen und ziehe los", verspricht sie Diana und krabbelt aus dem Bett.

„Schön das wollte ich hören. Ich wünsche dir viel Spaß und ich melde mich am Sonntag bei dir wenn Marinas Eltern weg sind."

„Hmm, gut bis dann", murmelt Joana. Legt auf und läuft mit halb offenen Augen ins Bad um sich zu duschen. Eiskaltes Wasser lässt sie über ihren müden Körper laufen, wovon sie blitzartig fit wird. Sie zieht sich an, schminkt ihre Augen mit ein wenig Wimperntusche und stylt sich ihre Haare mit etwas Gel. Sie betrachtet sich noch kurz im Spiegel und findet ihr Outfit gut. Ihre

Figur wird in den Sachen gut betont und ihre Haare sitzen perfekt. Sie schnappt ihren Autoschlüssel, Fahrtroute die sie sich ausgedruckt hat und macht sich auf den Weg.

In der Disco angekommen setzt sie sich an die Bar, bestellt sich ein Glas Cola und schaut sich um. Es gibt zwei Theken, die sich gegenüber stehen. An der Theke wo Joana sitzt, ist ein männlicher Barkeeper und auf der anderen Seite eine Frau. Joana mustert sie. Sie hat lange rote Haare, die ihr weit über die Schulter gehen und sie ständig mit den Händen nach hinten streift. Ein Zopf wäre vielleicht nicht schlecht denkt sich Joana und betrachtet ihr Top, wo die Brüste fast heraus fallen, weil es viel zu eng für sie ist.

„Hallo, wer bist du, bist du neu hier?" fragt eine sanfte weiche Frauen Stimme und legt ihre Hand auf Joanas Schulter. Vorsichtig dreht sich Joana um und sieht eine große schwarzhaarige Frau, in einem roten knackigen Top, von dem sie gar nicht weg schauen kann.

„Hey alles okay bei dir?" fragt sie hinterher.

Joana schluckt, schaut ihr in die Augen und meint: „Ja

klar, bei mir ist alles okay."

„Schön, ich bin Michelle", antwortet sie und streckt
Joana die Hand hin.

„Ich bin Joana", antwortet Joana und gibt ihr die Hand.

„Bist du öfters hier? Ich habe dich noch nie gesehen.",
fragt Michelle.

Joana mustert sie von oben bis unten und sagt: „Nein,
ich bin zum ersten Mal hier und du?

„Ich bin oft hier, mein Mann ist Türsteher. Den hast du
bestimmt beim reinkommen gesehen."

„Ja, kann sein habe nicht darauf geachtet", antwortet
Joana und bedauert das sie hetero ist, weil das wäre
genau der Typ Frau worauf sie stehen würde. Groß,
schwarze Haare, blaue Augen, top Figur. Michelle
bewegt sich tänzerisch vor ihr herum. Joana betrachtet
sie von oben bis unten und denkt, oh Mann hat die eine
tolle Figur, vor allem in der weißen engen Stoffhose die
sie trägt, ein süßer wohlgeformter Hintern, lange Beine,
pralle Brüste.

„Hey, woran denkst du, Lust zu tanzen?", fragt Michelle
und reißt sie aus ihren Gedanken.

„Klar, sehr gerne, die Musik ist gerade genau richtig

dafür."

Beide gehen auf die Tanzfläche und Joana mustert Michelles Körper der durch die vielen bunten Scheinwerfer angeleuchtet wird. Sie tanzen den ganzen Abend zusammen und unterhalten sich bis in die Morgenstunden. Sie tauschen die Handynummern aus und Joana fährt völlig verschwitz, aber glücklich nach Hause.

Sie denkt die ganze Zeit an Michelle und kann es kaum erwarten sie wieder zu sehen. Joana ärgert sich sehr, dass Michelle hetero ist. Wobei sie gerne mit ihr eine Freundschaft aufbauen möchte und ihre beiden Kinder kennerlernen will. Joana findet sie nicht nur sexy sondern auch echt lieb.

Am nächsten Morgen, sitzt Joana in der Küche mit dem Morgenmantel am Tisch beim Frühstück. Sie schreibt zögerlich Michelle eine Nachricht. Ob sie Lust hat, sich mit ihr heute zu treffen. Michelle antwortet blitzschnell zurück und schreibt:

„Sehr gerne, werde heute Abend wieder im Club sein, würde mich freuen wenn du kommst."

Als Joana die Nachricht liest, überkommt sie ein Gefühl der Freude und spürt, dass sie plötzlich nervös wird. Joana schlürft aus ihrer Kaffeetasse, die ihr aus der Hand rutscht und kippt sich dabei die heiße Brühe über den Schoß. Schmerzerfüllt verzieht sie das Gesicht und lässt einen lauten Schrei los. Sie springt schwungvoll vom Stuhl auf, der von der Wucht nach hinten umkippt. Mensch tat das jetzt weh, denkt sie und schaut nochmal auf ihr Handy, um sich zu vergewissern ob sie richtig gelesen hat. Sie liest erneut Michelles Nachricht und freut sich sehr auf heute Abend. Wieder stellt sich jetzt die Frage was sie anziehen soll. Joana geht ins Schlafzimmer und sucht sich Sachen raus.

Sie entscheidet sich für eine anthrazitfarbene Cargohose und ein rotes Polyester Top mit weichem wasserfallenden Ausschnitt, das sehr enganliegend ist und ihre Figur betont. Dazu schwarze Chucks und fertig ist ihr Outfit. Zufrieden legt sie es sich für heute Abend zurecht. Ständig schaut sie auf die Uhr und kann es kaum erwarten Michelle endlich wieder zu sehen. Joana setzt sich vor den Fernseher und denkt die ganze Zeit an Michelle.

„Ach du schon wieder?", fragt der Türsteher Joana, der
ihr einen skeptischen Blick zuwirft. Joana schaut ihn
verwirrt an und antwortet: „Was heißt hier du schon
wieder, kennen wir uns?"

„Nicht direkt, aber meine Frau scheinst du ganz gut zu
kennen, lass bloß die Finger von ihr", droht er und
deutet auf Michelle die an der Theke steht.

„Ach du bist der Mann von Michelle?"

„Keine Sorge, ich werde sie nicht anrühren, ich mag sie
nur als gute Freundin, mehr nicht", sagt sie stotternd
und läuft auf die Theke zu, wo Michelle bereits auf
Joana zu läuft.

„Hi, ärgert dich mein Mann?" fragt sie und schaut Joana
besorgt an.

„Nein, er warnte mich nur, dass ich die Finger von dir
lassen sollte."

„Mach dir da nichts draus, er übertreibt sehr gerne und
behandelt mich oft wie sein Eigentum."

Joana überkommt ein Gefühl von Mitleid und sagt:

„Lass dir das doch nicht gefallen, das ist nicht ok wenn
er sich so verhält, du bist eine tolle Frau und hast es

gewiss nicht verdient so behandelt zu werden."

„Ich weiß Joana. Ich finde es auch nicht gut, aber lass dir nicht von ihm den Abend verderben, wir wollen doch ein bisschen Spaß haben oder?", fragt Michelle und zehrt Joana auf die Tanzfläche.

„Ja, da hast du recht, lass uns richtig abfetzten", brüllt Joana ihr zu und bewegt sich rhythmisch zur Musik. Sie mustert Michelles Körper und wird nervös. Joana tritt ihr ständig auf die Füße und rempelt an ihre prallen Brüste. Was Michelle nicht stört, sie umarmt Joana und zieht sie ganz dicht an sich heran. So dicht, dass sie sich berühren. Joana fühlt ihre weichen Hände in ihren Nacken. Joana gleitet an Michelles Rücken mit den Fingerspitzen rauf und runter, bewegt sich in ihrem Rhythmus und drückt sich mit dem Oberkörper an Michelles Brüste. Michelle haucht ihr ins Ohr:

„Du kannst gut tanzen, du machst mich ganz schön heiß, wenn mein Mann nicht da wäre würde ich dich jetzt gerne küssen."

Joana schaut ihr in die Augen, bis ihr klar wird, dass sie einen Fehler macht, drückt Michelle von sich weg und läuft zur Theke.

„Ein, ein, eine Cola bitte", ruft sie stotternd den Barkeeper zu, der sie verwundert an schaut und ihr ein Glas mit der schwarzen kalten Flüssigkeit einschenkt.

„Hey, was ist los Joana, warum gehst du weg? Bin ich zu weit gegangen?", fragt Michelle, die plötzlich hinter ihr steht.

Joana dreht sich um, schüttelt mit dem Kopf und sagt: „Du, dein Mann hat mir gedroht ich soll die Finger von dir lassen und jetzt gräbst du mich an. Ich finde dich wirklich sexy und für mich ist das alles neu, aber wir sollten es sein lassen. Ich habe Respekt vor deinem Mann und auch ein bisschen Angst."

„Ja, ich weiß, ich hatte mich eben nicht mehr unter Kontrolle. Tut mir sehr leid, kommt nicht mehr vor. Aber was heißt das ist alles neu für dich, bist du gar nicht lesbisch?", hakt Michelle verdutzt nach. „Nein, ja doch, ach ich weiß es selber noch nicht so genau was ich bin. Ich war noch nie mit einer Frau zusammen, aber ich würde es gerne mal ausprobieren. Ich fühle mich sehr dazu hingezogen, vor allem zu dir um ehrlich zu sein. Wenn dein Mann nicht hier wäre, wäre vielleicht mehr passiert", erklärt Joana und errötet.

„Ach so ist das. Ich fühle genauso. Wenn du Lust
hast…"

„Hey Michelle, auch wieder mal hier", ruft ein großer
schwarzhaariger Mann und zehrt Michelle von der
Theke zu sich.

Sie dreht sich um und lächelt. Nimmt ihn in den Arm
und deutet auf Joana, die mit einem entsetzten
Gesichtsausdruck an der Bar sitzt.

„Darf ich dir meinen Arbeitskollegen Steve vorstellen",
sagt sie freudig und er hält Joana die Hand entgegen.

„Ich bin Joana", meint sie und gibt Steve die Hand.

Er drückt sie und sagt lächelnd: „Schön dich
kennenzulernen, bist du oft hier? Ich habe dich noch nie
hier gesehen?"

Joana rollt die Augen und denkt sich, irgendwie scheine
ich wie jemand auszusehen der vom Mars kommt, oder
hier sind stets die gleichen Gäste.

„Hey, alles okay. Hat es dir jetzt die Sprache
verschlagen?", fragt Michelle und wedelt mit der Hand
vor Joanas Gesicht.

„Nein, alles in Ordnung. Ich war nur gerade in
Gedanken", antwortet sie rasch.

„Ja, das hat man gemerkt. Wollen wir weiter tanzen, Steve ist ein guter Tänzer."

„Nein, geht ihr nur, ich brauche mal eine kurze Pause", entgegnet Joana und klammert sich an ihr Glas fest.

„Okay, wie du magst, aber lauf nicht weg."

Joana schüttelt den Kopf und lächelt Michelle an. Sie beobachtet die beiden beim Tanzen und tänzelt ein wenig an der Theke zur Musik mit. Sie trinkt ihr Glas genüsslich aus und schaut sich um. Einige schwule und lesbische Paare sitzen an den Tischen und kuscheln miteinander. Sie fühlt sich in dieser Gesellschaft wohl und hofft, dass sie auch bald so glücklich ist, wie das Paar, das ihr kuschelnd gegenüber sitzt.

„Na, alles klar bei dir, gefällt es dir hier?", fragt Steve und setzt sich neben Joana.

„Ja, es ist toll hier, eine schöne Atmosphäre mit den abgetrennten Lounges, die in einem modernen Stil gehalten sind, und die Musik ist auf den Ebenen sehr abwechslungsreich."

„Oh ja, das stimmt. Es ist für jedes Alter was dabei", antwortet Steve und schaut sich um.

„Bist du eigentlich schwul oder hetero?", will Joana

wissen und sieht ihn fragend an.

„Das weiß ich nicht so genau, ich mag beides",
entgegnet er und lächelnd.

Joana nickt und mustert Steve. Was er bemerkt und
sagt: „Hey, höre auf mich abzuchecken. Michelle mag
dich. Vielleicht solltest du es mit ihr mal versuchen,
dass sie endlich von ihrem besitzergreifenden Mann los
kommt."

„Ich weiß nicht so recht, ich bin mir diesbezüglich auch
noch sehr unsicher. Ich hatte noch nie was mit einer
Frau, möchte es aber gerne mal ausprobieren",
verdeutlicht sie und senkt schämend den Kopf.

„Hey dafür musst du dich doch nicht schämen"; tröstet
Steve sie und drückt mit seiner Hand ihr Kinn hoch,
schaut ihr in die Augen, zwinkert ihr zu und sagt: „Es
gibt keinen Grund sich für seine Bedürfnisse zu
schämen, lass deinen Gefühlen freien Lauf, sonst gehst
du zu Grunde."

Joana nickt und antwortet: „Du hast recht, das machen
alle hier. Warum nicht auch ich."

„Genau, das ist der richtige Weg. Nur Mut, das wird
schon", erwidert Steve, nimmt Joana an die Hand und

zieht sie auf die überfüllte Tanzfläche wo Michelle abfetzt. Michelle strahlt als Joana und Steve sich ihr nähern und sie antanzen. Sie tanzt noch die halbe Nacht mit den beiden zusammen. Auch mit Steve tauscht sie die Handynummer aus und plant ein weiteres Treffen mit Michelle zusammen. Sie fährt in den frühen Morgenstunden erschöpft und müde nach Hause und fällt wie erschlagen ins Bett und schläft sofort ein.

Stürmisch klingelt es an der Tür und reißt Joana aus ihren Träumen. Sie wacht auf und murmelt genervt: „Wer ist so früh zum Sonntag schon unterwegs?", sie dreht sich rum und zieht die Decke über den Kopf. Es klingelt unentwegt weiter bis derjenige anfängt hämmernd gegen die Tür zu klopfen, da steht Joana gereizt auf und schaut durch den Spion.
Es ist Diana und Marina.
Joana öffnet mit halb verschlafenen Augen die Tür.
„Oh, sind wir etwa zu früh? Du siehst noch so verschlafen aus", sagt Diana lachend und betritt zusammen mit Marina die Wohnung.
„Ach kaum, ihr hättet euch ja denken können das ich

noch schlafe, so oft wie ihr geklingelt habt und meine Haustür fasst eingeschlagen habt."

Marina lächelt drückt Joana und meint: „Tut uns leid, aber wir sind doch neugierig wie dein Wochenende gewesen ist. Ob du jemand kennengelernt hast, ob du Spaß hattest…"

„Ja, hatte ich", unterbricht sie Marina und seufzt. Diana, die gerade in der Küche Kaffee kocht ruft: „Wie hattest, was hattest du?"

„Och, ihr süßen, jetzt stresst mich doch nicht so, lasst mich erst mal kurz frisch machen und uns dann zu einem Kaffee an den Tisch setzen. Am besten auf den Balkon, damit ich eine rauchen kann. Ihr müsst mir auch erzählen wie es mit den Eltern war", entgegnet Joana und verschwindet ins Bad.

„Okay, bis gleich. Lass dir Zeit" erwidert Diana, räumt zusammen mit Marina den Kaffee und Geschirr auf den Balkon. Sie setzen sich an den Tisch und kuscheln miteinander.

„Na ihr zwei unzertrennlichen", meint Joana freudig und setzt sich ihnen gegenüber. Diana und Marina zucken vor Schreck zusammen als sie Joana bemerken

71

und erröten.

„Störe ich?", fragt Joana belustigend nach.

„Nein natürlich nicht, wieso auch", antwortet Diana
kleinlaut mit roten Kopf. „Kannst wieder auf grün
umschalten", lacht Joana und deutet auf ihr Gesicht.

„Mach ich gleich. Erzähl du lieber mal wie dein
Wochenende war", lenkt Diana ab.

„Es war super, ich habe eine Frau kennengelernt, die
aber leider hetero ist. Sie hat zwei Kinder und einen
Mann. Aber sie ist durchaus an mir interessiert. Wir
haben uns jetzt schon zwei Abende, Nächte getroffen.
Ihr Mann arbeitet in dem Club als Türsteher und hat
alles genau im Auge. Er drohte mir, ich soll meine
Finger von seiner Frau lassen, aber ich mache ja nichts.
Sie macht mich immer die ganze Zeit an. Sie wollte
mich sogar schon küssen, wenn ihr Mann nicht da
gewesen wäre."

Diana schnauft durch, lässt sich im Stuhl nach hinten
fallen und sagt warnend: „Pass da bitte auf. Ich kenne
das Problem mit den hetero Frauen, die änderst du nicht.
Meide lieber den Kontakt zu ihr, auch wenn sie noch so
scharf ist. Wenn dir der Mann schon gedroht hat,

72

solltest du wirklich die Finger von ihr lassen, nicht das
dir noch was zu stößt. Du hast doch wirklich schon
genug durch, das brauchst du nicht auch noch."
„Ja ich weiß, aber sie ist wirklich eine total liebe, ich
will mit ihr nur eine Freundschaft aufbauen. Mehr nicht,
glaub mir Diana."
Diana runzelt die Stirn und entgegnet: „Ist deine Sache
was du tust, nur sag dann nicht, das ich dich nicht
gewarnt hätte wenn was passieren sollte. Was ich
natürlich nicht hoffe." Joana senkt den Kopf und
versinkt in Gedanken.
„Hey das ist nicht böse gemeint. Ich habe nur Angst um
dich", tröstet sie Diana. „Ich weiß doch", antwortet
Joana und schnauft durch.
„Wie war eigentlich euer Wochenende mit Marinas
Eltern?"
Diana und Marina schauen sich an und strahlen.
„Es war besser als ich dachte. Sie akzeptieren dass wir
zusammen sind und unterstützen uns sogar ein Kind zu
adoptieren. Ich war heute Morgen richtig traurig als sie
gefahren sind", erzählt Diana freudig und drückt Marina
an sich.

„Ja, stimmt, fast trauriger als ich", bestätigt Marina und küsst Diana auf den Mund.

„Schön freut mich sehr für euch beide, hoffe es bleibt so."

„Das hoffen wir auch", erwidert Diana lächelnd und schenkt sich Kaffee ein.

Joana macht das Glück der beiden Mut und sie denkt an Michelle. Ob sie mit ihr vielleicht auch so glücklich werden kann?

„Hey Joana woran denkst du?", fragt Marina neugierig.

„An Michelle, sie ist so eine tolle Frau, vielleicht sollte ich ihr mal eine Nachricht schreiben."

„Mach das, aber fange mit ihr keine Beziehung an, das ist gesünder für dich. Denk an ihren Ehemann, der scheint nicht ohne zu sein", moralisiert Diana.

„Na toll, kannst du mich auch mal ein bisschen aufbauen und nicht nur ermahnen?"

„Sorry, ich habe diese Erfahrung auch schon gemacht und habe es bereut. Mach was du denkst. Ich meine es doch nur gut mit dir."

Joana nickt und sagt: „Ich habe ihren Arbeitskollegen kennengelernt, er meinte ich soll es mit Michelle versuchen, damit sie endlich von ihrem besitzergreifenden Mann los kommt."

Diana grinst und antwortet: „Mach was du meinst, du bist alt genug. Sei aber nicht enttäuscht wenn es nicht klappt. Es gibt auch noch tausend andere Frauen die du haben könntest."

„Danke, das ist lieb. Ich pass schon auf, keine Sorge", versichert Joana und zieht ihr Handy aus der Hosentasche das drei neue Nachrichten anzeigt. Neugierig öffnet sie die SMS und lächelt bis zu den Ohren.

„Hey Joana, mach es nicht so spannend. Sag schon, was steht drin."

Stotternd liest Joana die erste Nachricht vor: „Ich fand das Wochenende sehr schön mit dir und würde mich freuen dich bald wieder zu sehen. Die Zweite: Wir können uns ja auch mal bei mir treffen wenn mein Mann abends arbeiten ist. Es wäre bestimmt schön mit dir."

Joanas Hände fangen an zu schwitzen und ihr rutscht das Handy aus der Hand.

„Oh Mensch du Dussel, pass doch mal auf was du

machst", schimpft Diana. Bückt sich nach dem Handy und drückt es Joana in die Hand.

„Die dritte Nachricht ist von Steve, ob wir uns heute Abend zum Tanzen wieder in der Disco treffen wollen", liest sie laut vor und schüttelt mit dem Kopf.

„Dann mach es doch, probiere es aus. Vielleicht hast du eine Chance mit ihr", meint Diana.

„Die Frau interessiert mich sehr, vielleicht können wir auch so unseren Spaß haben, ohne Beziehung.

„Wenn du kannst, dann tu es und bereicher dich bei ihr mit deinen ersten lesbischen Erfahrungen", sagt Diana grinsend und drückt Marina an sich.

„Ja, ich denke das werde ich machen, ich schreib ihr gleich mal zurück und frage wann wir uns wieder treffen wollen."

„Gut, aber pass trotzdem auf, dass dich ihr Mann nicht erwischt."

„Klar mache ich, ich bin doch nicht von gestern", versichert Joana und grinst.

„Schön, wir machen uns auch langsam mal wieder los. Wir haben inzwischen halb acht und ich will mit meiner süßen noch einen Film schauen bevor wir schlafen

gehen. Ich habe Morgen wieder Frühschicht", verkündet
Diana und steht auf.

„Okay, ich wünsche euch noch einen schönen Abend,
bis morgen Mittag", sagt Joana und widmet sich ihrem
Handy, auf dem gerade wieder eine Nachricht
ankommt.

Diana und Marina verlassen Joanas Wohnung und
laufen nach Hause. Joana räumt das Kaffeegeschirr in
die Küche und überdenkt die Ratschläge von Diana.
Doch durch das ertönen ihres Handys, wird sie davon
abgelenkt.

Michelle hat eine weitere Nachricht geschrieben. Sie
fragt ob sie ihr nicht mehr antworten möchte und ob ihr
alles zu schnell ginge. Joana schüttelt den Kopf und liest
nochmal die davor eingegangene SMS. Worin steht:
Das ihr Mann am Mittwoch gegen 22Uhr das Haus
verlässt und wenn sie mag vorbei kommen kann um
sich mit ihr einen schönen Abend zu machen. DVD
schauen, Dart oder eventuell Billard.

Joana überlegt nicht lange und sagt ihr zu. Was ist
schon dabei? Ich muss mit ihr keine Beziehung führen.
Falls doch mehr passieren sollte und ich mich nicht

beherrschen kann denkt sie. Sehnsüchtig wartet sie auf
Antwort. Leider meldet sich Michelle nicht mehr. Joana
wartet verlangend den ganzen Abend auf eine Nachricht
von ihr. Sie traut sich aber nicht, noch etwas zu
schreiben. Sie läuft in ihrem Wohnzimmer von einer
Ecke in die andere. Denkt an Michelles
besitzergreifenden Mann. Vielleicht hat er ihr das
Handy aus Eifersucht entrissen. Wäre sie mir denn
überhaupt treu? Überlegt sie und liest nochmal die
Nachrichten von ihr durch. „Wahrscheinlich nicht",
murmelt sie.
Sie zieht sich aus, legt sich ins Bett und versucht
krampfhaft einzuschlafen.

„Hallo Joana wie geht es dir, wie läuft es mit Michelle?
Habt ihr euch ein treffen ausgemacht?", fragt Diana
neugierig Joana, die gerade den Tankstellenshop betritt.
Joana senkt geknickt den Kopf und äußert: „Nein! Sie
hat mir zwar angeboten bei ihr am Mittwochabend,
wenn ihr Mann arbeiten ist vorbei zu kommen, aber sie
hat mir auf meine Zusage noch nicht geantwortet."
„Dann fahr doch einfach nach der Spätschicht zu ihr.

Vielleicht konnte sie dir noch nicht antworten. weil ihr Mann sie nicht aus den Augen lässt."

„Und dann soll ich einfach hinfahren? Ne du. Das tue ich mir nicht an. Da spring ich lieber von einer Brücke, als ihren Mann zu begegnen."

„Da hast du auch wieder recht, ich sagte dir ja. Die hetero Frauen sind nicht leicht", erwidert Diana und meldet ihre Kasse ab.

„Ja ich weiß, ich versuche sie einfach wieder zu vergessen. Es gibt noch genügend andere Frauen."

„Richtig, das ist eine gute Einstellung. Man soll sich nicht immer gleich festlegen. Kopf hoch süße, du findest schon noch dein Glück", ermutigt Diana und klopft Joana auf die Schulter.

„Danke, das ist lieb von dir. Jetzt mach dich los, nicht das deine süße noch sauer wird, weil du so spät nach Hause kommst."

„Ja, ich gehe jetzt auch und denke nicht so viel an Michelle, nicht dass du heute Abend minus in der Kasse hast, du weißt wir müssen alles selber zahlen", ermahnt sie Joana und verlässt den Shop. Joana nickt und winkt Diana hinterher.

Da es momentan sehr ruhig ist füllt sie Kühlschränke und Regale auf. Ständig muss sie an Michelle denken. Es fällt ihr schwer sich auf die Arbeit zu konzentrieren. Sie verzählt sich oft beim Wechselgeld und verliert den Überblick als der Feierabendbetrieb beginnt. Zu ihrem Glück sind die Kunden sehr nett und weisen sie darauf hin, dass sie mehr Geld raus gibt als sie soll. Sie bedankt und entschuldigt sich bei den jeweiligen Kunden.

Am späteren Abend lässt der Betrieb nach und Joana macht einen zwischenzeitigen Kassensturz und die Kasse stimmt auf den Cent genau. Erleichtert schnauft sie durch.

Sie schaut hin und wieder auf ihr Handy, aber da tut sich nichts. Keine Rückmeldung von Michelle. Wer nicht will der hat schon, denkt sie und löscht ihre Nummer.

Sie wischt den Shop kurz vor Feierabend durch, rechnet die Kasse ab und schließt alles ab.

Zuhause legt sie sich vor den Fernseher und schläft auf dem Sofa ein.

Durch ein klingeln an ihrer Haustür wird Joana wach.

Sie schaut neben sich auf die Uhr und denkt, das ist
bestimmt die Post oder wer sollte so früh am Morgen
bei ihr vor der Tür stehen. Sie blickt durch den Spion
und sieht Michelle, die nervös im Hausflur hin und her
läuft. Joana öffnet die Tür und sagt: „ Moment, ich bin
gleich da. Ich ziehe mir nur schnell was an."

Hastig rennt sie ins Schlafzimmer und bekleidet sich mit
einem frischen Shirt und Jeanshose. Sie läuft in den Flur
wo Michelle steht und Joana mit einem traurigen Blick
anschaut.

„Magst du einen Kaffee?", fragt Joana und geht in die
Küche.

Michelle nickt und fragt: „Bist du mir sauer weil ich dir
nicht geantwortet habe?"

„Ein bisschen schon", antwortet Joana zügig und
schaltet die Kaffeemaschine ein, die anfängt zu zischen
und zu rauschen.

„Tut mir leid, ich wollte dich nicht kränken",
entschuldigt sich Michelle und seufzt.

„Mein Mann hat mir mein Handy weggenommen,
deshalb konnte ich dir nicht antworten. Er traut mir

nicht", sagt sie weinerlich und setzt sich an den Tisch. Joana bemerkt das ihr Tränen das Gesicht herunter laufen. Sie beugt sich zu ihr runter und nimmt Michelle in den Arm. „Weißt du, ich bin jetzt 29, und zwölf Jahre mit ihm zusammen. Er wird immer schlimmer. Er darf alles. Er hat mich schon mit anderen Frauen betrogen, die er in der Disco kennen gelernt hat. Ich habe ihm alles verziehen. Vor allem wegen der Kinder. Ich will ja dass sie bei ihm aufwachsen, er ist ein toller Vater, das muss man ihm lassen, er macht und tut wirklich viel für die beiden. Ich kann mich von ihm nicht trennen, das würden mir meine kleinen niemals verzeihen. Auch wenn ich noch so viele Gefühle für dich habe. Verstehst du?" Joana streichelt ihr sanft über die Schulter: „Ja das verstehe ich, es ist schön das er so ein guter Vater ist. Aber das er dich betrügt und das Handy wegnimmt ist richtig mies. Wo ist er jetzt?"

„Der schläft noch, er hatte wieder Dienst letzte Nacht. Ich habe gerade die Kinder in den Kindergarten gebracht und mich an der Tankstelle wo du arbeitest nach deiner Adresse erkundigt. Die Frau an der Kasse wirkte sehr nett und musterte mich andauernd."

Joana grinst innerlich und denkt, typisch Diana.

„Ja so ist sie, aber eine ganz liebe glaub mir", bekehrt Joana und lächelt Michelle an. Beide sitzen sich gegenüber und schauen sich in die Augen. Joana versinkt in den stechenden Blau und vergisst alles um sich herum.

„Hattest du mir nicht Kaffee angeboten? Ich glaube der ist durchgelaufen", sagt Michelle und reist Joana aus ihren Gedanken.

„Oh, ja klar, mit Milch und Zucker", erwidert Joana steht auf und schenkt den Kaffee ein.

„Schwarz bitte." Joana schaut sie an und äußert im liebevollen Ton: „Willst du noch schöner werden als du sowieso schon bist?"

„Danke für das Kompliment süße, aber man soll die Hoffnung nie aufgeben."

„Das stimmt, aber ohne Milch kann ich ihn nicht trinken. Schmeckt mir nicht."

„Du hast auch keinen Grund dafür, so sexy wie du bist." Joana spürt wie sie errötet, stellt mit zittrigen Händen die Tassen auf den Tisch, setzt sich neben Michelle und berührt sie dabei leicht an ihren Arm.

Michelle lächelt sie an und trinkt einen heftigen Schluck. Sie schaut Joana in die Augen und rückt näher an sie heran. Joana die sich nicht zu bewegen traut, fühlt Michelles Wärme und genießt sie. So sitzen sie eine Weile da, bis Michelle ganz dicht an Joanas Gesicht rückt. Ihre Lippen berühren sich sanft, Joana öffnet leicht den Mund, schließt die Augen und küsst Michelle, die den Kuss erwidert. Sie zieht Joanas Kopf mit der Hand näher an sich heran und küsst sie leidenschaftlich. Sie stehen während dessen auf und umarmen sich, so dass sich ihre Körper aneinanderpressen.

„Das ist schön", haucht Joana und streichelt ihr sanft mit der flachen Hand über die Wange bis hin zu ihrem Nacken.

„Finde ich auch", entgegnet Michelle und küsst Joana zärtlich auf ihre weichen Lippen. Joana spürt die warme Zunge an ihrer und liebkost sie innig. Küssend bewegen sie sich Richtung Wohnzimmer und setzen sich auf das Sofa nieder. Michelle beugt sich so stark nach vorne, das Joana nach hinten zurück geht. Michelle liegt über Joana, streift mit ihren Lippen und Zunge über Hals und Dekolleté. Joana atmet leise auf und genießt mit geschlossen Augen ihre Berührungen. Sie legt ihre Arme um Michelles Rücken und streichelt zärtlich mit den Fingernägeln hoch und runter. Michelle neigt sich wieder ihrem Gesicht zu und küsst sie heftig, so das Joana sie fester drückt und sie schiebt ihr Knie zwischen Michelles Beine. Michelle hebt den Kopf und stöhnt leise auf. Sie beginnt sich an Joanas Knie zu reiben und legt ihre Hand auf Joanas Mitte. Joana bewegt ihr Becken auf und nieder, nach und nach immer heftiger. Sie fühlt ein kribbeln und beide stöhnen auf. Sie bewegen sich immer und immer schneller, stöhnen heftiger lauter und sinken nach dem Höhepunkt zusammen. Michelle liegt völlig außer Atem auf Joana, die mit einem breiten grinsen da liegt und flüstert: „Das war schön", zieht Michelles Gesicht mit beiden Händen auf Augenhöhe und küsst sie sanft auf den Mund, was Michelle erwidert und ihr mit den Fingern durch die Haare streift.

„Ich fand es auch schön Joana", meint sie und lächelt.

„Ich will mehr von dir, kommst du morgen Abend zu mir?"

Joana überlegt nicht lange und antwortet freudig:

„Na klar! Ich kann direkt nach Feierabend zu dir kommen."

„Schön", antwortet Michelle und kuschelt sich an Joana. Joana schließt die Augen und genießt die Berührung von Michelle. Sie streichelt zärtlich ihren Hals und gleitet mit den Fingern durch ihre langen schwarzen Haare.

Freudestrahlend betritt Joana den Tankstellenshop. Sie grinst bis zu den Ohren und Diana lacht sie an und fragt neugierig: „Na los, erzähl schon. Deine Michelle war heute Morgen hier gewesen und hat sich nach dir erkundigt."

Joana lächelt sie an und errötet.

„Da musst du doch nicht gleich rot werden, erzähl mir lieber mal was Sache ist", fordert Diana.

Joana schnauft durch und meint: „Wer genießt, der schweigt."

Diana wirft ihr einen verdatterten Blick zu und bittet nochmals: „Ach komm schon, dass kannst du mir nicht antun. Ich erzähle dir doch auch alles. Außerdem habe ich ihr heute Morgen deine Adresse gegeben."

„Ist ja gut, ich bin dir ja auch dankbar dafür", meint

Joana und fängt an zu schwärmen.

„Es war so schön mit ihr, wir haben uns geküsst, und auch noch ein bisschen mehr. Sie hat so eine weiche zarte Haut. Ich kann es kaum erwarten sie wieder zu sehen."

„Und wann seht ihr euch wieder?"

„Morgen Abend, nach Feierabend, wenn ihr Mann arbeitet. Dann fahre ich zu ihr und wollen eine Partie Billard spielen."

„Eine Partie Billard, na ja. Da bin ich mal gespannt wer von euch beiden gewinnt", sagt Diana belustigend und feixt.

„Hey, was soll denn das heißen, ich bin gut in diesem Spiel."

„Hmm, glaub ich dir aufs Wort", entgegnet Diana und verschwindet grinsend ins Büro.

„Du bist doch nur neidisch", foppt Joana ihr hinterher und meldet ihre Kasse an.

„Nein! Das bin ich nicht süße, ich bin glücklich", ruft Diana aus dem Büro und schließt die Tür um das Geld zu zählen.

Joana bedient die vereinzelten Kunden und denkt an

Michelle. An ihre weiche Haut, an ihre stechenden
blauen Augen und ihre zärtlichen sanften Lippen.

„So meine Kasse stimmt", sagt Diana die gerade die
Abrechnung fertig gemacht hat.

„Ich gehe jetzt nach Hause, meine süße ist bestimmt
auch schon da und wartet auf mich."

„Okay, schön mach das", antwortet Joana knapp und
versinkt wieder in Gedanken.

„Bis morgen Joana", entgegnet ihr Diana und verlässt
den Shop.

Joana winkt ihr nach und versucht sich auf die Arbeit zu
konzentrieren. Kurz vor Feierabend füllt sie noch alle
Regale und Kühlschränke auf und schließt nach der
Kassenabrechnung die Tankstelle.

Heute ist es endlich soweit, denkt Joana, schaut auf die
Uhr und hat noch eine halbe Stunde bis Feierabend. Da
gerade nichts los ist, fängt sie schon mal an einen
großen Teil aus der Kasse zu zählen.

Völlig unerwartet steht Michelles Mann vor ihr und
schaut sie wütend an.

„Ich habe alle SMS gelesen die du meiner Frau

geschickt hast. Lass sie gefälligst in Ruhe, sie gehört mir! Haben wir uns verstanden?", brüllt er drohend und stützt sich mit beiden Händen auf die Ladentheke.

Joana schluckt und stottert: „Natürlich, hab… dir… doch… ge…sagt, das…"

„Das will ich hoffen, sonst wirst du mich kennenlernen", fällt er ihr ins Wort und schlägt mit der Faust auf die Theke.

Joana zuckt ängstlich zusammen und beißt sich nervös auf der Unterlippe herum. Er dreht sich um und düst rasant vom Hof. Joana denkt an Michelle und überlegt ob sie nicht zu ihr fährt. Ihr Mann ist ganz schön aggressiv und hat ihr eben einen fiesen Schrecken eingejagt, so dass sie immer noch am ganzen Körper zittert. Sie schließt die Tankstelle ab und setzt sich ins Auto. Starrt auf den Zettel, wo Michelle ihre Adresse notiert hat.

„Ach was soll schon passieren", murmelt sie, startet den Motor und braust zu Michelle. Die bereits schon vor der Tür steht und Joana erwartet. Joana steigt aus und Michelle läuft strahlend auf sie zu. Schlingt ihre Arme um sie und sagt: „Endlich bist du da. Es ist wirklich

Hölle solange auf dich warten zu müssen."

„Ach Michelle, solange war es doch gar nicht",
entgegnet Joana liebevoll und drückt sich an sie. Die
Angst die eben noch so stark war, die ihr Michelles
Mann bereitet hat, ist blitzartig verschwunden. Sie
gehen gemeinsam ins Haus und laufen direkt in den
Keller, wo sich Billardtisch und Dart-Automat befinden.
Joana läuft darauf zu und meint: „Los, lass uns eine
Partie spielen. Ich habe das schon Ewigkeiten nicht
mehr gezockt."

„Klar sehr gerne, aber streng dich an, ich bin sehr gut
darin", schmunzelt Michelle und legt die Kugeln
zurecht.

„Los fang an süße." Joana stößt die weiße Kugel an und
versenkt zwei volle Kugeln. Michelle reißt die Augen
auf und schüttelt den Kopf.

„Ja, ja, ewig nicht gespielt."

Joana lächelt und sagt: „Ich habe wirklich schon lange
kein Billard mehr gespielt. Welche muss ich denn jetzt
anspielen, die halben oder die vollen?", fragt sie
hinterher.

„Na dann schau doch mal in die Auffangnetze",

antwortet Michelle und setzt sich auf dem Tisch. Joana läuft um den Tisch herum und streift mit dem Arm an Michelles Bein. Woraufhin Michelle Joana an sich heran zieht. Sie macht die Beine auseinander und schließt sie hinter ihrem Rücken wieder zusammen. Beide schauen sich in die Augen Joana streichelt ihr sanft durch die Haare. Sie rückt näher an ihr Gesicht und küsst sie, was Michelle erwidert. Sie werden ziemlich wild und Joana zieht Michelle das T-Shirt aus und liebkost mit der Zunge ihre nackten weichen Brüste. Michelle zieht sie näher an sich heran und legt sich mit dem Rücken auf den Tisch.

„Ich will mehr", flüstert sie leise und Joana öffnet Michelles Hose und zieht sie an ihren langen schmalen Beinen herunter. Joana kniet vor ihr und betrachtet sie. Mit zärtlichen Küssen gleitet sie an ihren Beinen hoch zu ihrer Scheide. Michelle zieht den Slip auf die Seite und Joana küsst sanft ihre Schamlippen.

„Oh ja, mach bitte weiter", fordert Michelle und drückt Joanas Gesicht mit beiden Händen dichter an sie heran. Joana spielt mit der Zunge in kreisenden Bewegungen an ihrem Kitzler, Michelle stöhnt auf und bewegt ihr

Becken auf und ab.

„Bitte höre nicht auf", fleht Michelle und stöhnt lauter
auf. Joana züngelt immer schneller und dringt mit zwei
Fingern in die feuchte Scheide von Michelle ein, worauf
sie noch lauter wird und sich noch heftiger mit bewegt.

„Hmm, oh ja, weiter so Joana, ich komme gleich",
stöhnt Michelle auf. Joana stößt immer schneller und
härter mit den Fingern in sie hinein, spielt mit der
Zunge flotter an ihren Kitzler bis Michelle ihren
Orgasmus erreicht. Sie setzt sich auf und schließt Joana
fest in die Arme. Michelle holt tief Luft und lächelt.

„Jetzt bist du dran, los komm hoch", fordert Michelle
und Joana setzt sich auf den Tisch. Michelle drückt sie
nach hinten und küsst Joana zärtlich an den
Brustwarzen. Schlängelt sich runter zu ihrer Hose,
öffnet sie sanft und zieht sie ihr aus. Sie gleitet mit der
Hand zwischen Joanas Beine, zu ihrer Scheide und
dringt mit zwei Fingern in sie ein. Joana öffnet den
Mund und stöhnt auf.

„Du fühlst dich so gut an", haucht Michelle ihr ins Ohr
und stößt wilder in ihre Scheide ein. Joana spürt wie es
ihr immer heißer wird, bewegt ihr Becken auf und ab

und stöhnt immer impulsiver. Michelle stößt immer
härter und leckt Joana mit ihrer Zunge den Kitzler, was
Joana fast zum explodieren bringt. Sie stöhnt: „Oh ja,
mach weiter, das ist verdammt gut."
Michelle törnt das an und wird stürmischer. Joana spürt
dass sie zum Höhepunkt gelangt und stöhnt laut auf. Sie
sackt zusammen und liegt erschöpft mit einem breiten
grinsen auf dem Tisch. Michelle legt sich mit ihren
nackten Körper auf sie drauf und fragt: „War das schön
für dich?"
„Puh, das war der Hammer. Ich habe noch nie so einen
geilen Orgasmus gehabt."
„Schön, ich auch nicht", antwortet Michelle und küsst
Joana auf den Mund. Joana erwidert den Kuss und
umarmt sie.
„Wollen wir hoch gehen und was trinken?", fragt
Michelle und lächelt Joana an.
„Gerne Michelle, gib mir aber noch einen Kuss bevor
wir das tun."
Michelle küsst sie leidenschaftlich und Joana spürt
dabei ein prickeln in ihrem Bauch. Sie stehen auf,
ziehen sich an und gehen hoch ins Wohnzimmer.

93

Auf einem Sideboard stehen einige Familienbilder.
Joana steht davor und betrachtet sie mit einem traurigen
Blick. Sie denkt an Michelles Mann, der ihr gedroht hat.
Nimmt ein Bild in die Hand wo er, Michelle, und die
Kinder abgebildet sind und bekommt ein schlechtes
Gewissen. Sie denkt, was mache ich hier eigentlich, ich
zerstöre eine Familie, hätte ich das gewollt, wenn mein
Sohn noch da wäre? Niemals!
„Hey Joana, warum starrst du so auf die Bilder?", fragt
Michelle die gerade zwei Gläser auf den
Wohnzimmertisch stellt.
„Ach ich weiß nicht Michelle, es ist nicht gut was ich
hier mache. Ihr seht auf den Bildern alle so glücklich
aus und ich will das nicht kaputt machen. Ich denke wir
sollten das mit uns lassen."
„Ich wollte doch sowieso nur Spaß mit dir Joana. Ich
würde meinen Mann nie verlassen, schon allein wegen
den Kindern, er ist ein toller Vater und die Kinder
lieben ihn sehr", erklärt Michelle und setzt sich auf die
Couch. Joana schluckt, stellt das Bild wieder an seinen
Platz und setzt sich in Gedanken versunken neben
Michelle. „Sorry Joana, aber es geht nicht anders."

„Schon gut Michelle, hätte ich mir auch denken können, aber ich bin kein Mensch, der sich auf eine Sex-Beziehung einlassen kann. Ich denke wir sollten es lassen und eine normale Freundschaft halten", verdeutlicht Joana und trink einen kräftigen Schluck.

„Schade, der Sex ist wirklich schön mit dir, aber eine Freundschaft schlage ich nicht ab. Ich mag dich sehr und möchte dich nicht ganz verlieren."

„Das wirst du nicht Michelle. Eine Freundschaft mit dir, ist mir wichtig, aber das andere lassen wir in Zukunft. Das bleibt eine zweimalige Sache", entgegnet Joana und lehnt sich zurück.

„Ja, du hast recht Joana, das ist auch besser so, bevor es mein Mann heraus bekommt und dich in Stücke reist."

„Sehr ermutigend", antwortet Joana und schüttelt den Kopf vor entsetzten.

„Sorry, das war nicht so gemeint Joana."

„Ja, schon gut. Wie hast du ihn denn überhaupt kennengelernt?", lenkt Joana ab.

„Wir kennen uns seit der Schule" sagt Michelle und erzählt den Rest des Abends von ihrem Leben. Nachts um halb drei fährt Joana nach Hause und legt sich ins

Bett. Denkt noch eine ganze Weile über Michelle nach
und bedauert, dass sie mit ihr keine Beziehung führen
kann. Was sie aber versteht, denn sie hat eine Familie
und da ist es nicht so einfach. Vor allem wenn die
Kinder so sehr an ihrem Vater hängen.

„Hallo Joana, wie geht es dir, warst ja schon lange nicht
mehr hier?", fragt Steve im lautstarken Ton.
„Hey Steve. Ja ich weiß, ich war oft bei Michelle
gewesen. Sorry, dass ich auf deine Nachrichten nicht
geantwortet habe."
„Was, ich verstehe kein Wort", brüllt er. „Lass uns an
die Bar gehen, da ist die Musik nicht so laut", schreit er
hinterher und drängelt sich durch die Menschenmenge.
Joana geht ihm hinterher und ist froh, dass er so groß
ist. Weil sie ihn so nicht in der Menge aus den Augen
verlieren kann. Sie setzt sich zu ihm an die Bar und
wiederholt: „Sorry das ich nicht auf deine Nachrichten
geantwortet habe. War viel bei Michelle in den letzten
Wochen."
Steve grinst und meint: „Ist doch nicht schlimm, ich
weiß es, ich arbeite mit ihr zusammen. Sie hat viel über

dich erzählt."

Joana bemerkt, dass sie rot wird und schaut schämend
zur Seite.

„Da brauchst du dich doch nicht wegdrehen, wir
erzählen uns einiges an der Arbeit, aber nicht alles,
keine Sorge."

„Okay", antwortet Joana.

„Aber ich finde es schade, dass sie sich nicht von ihren
Mann trennen will, du bist eine süße und ein lieber
Mensch wie ich gehört habe."

„Ja, da kann man leider nichts machen. Man muss
bedenken sie hat Familie und Kinder, die ihren Vater
brauchen", erwidert Joana und schaut traurig zu Boden.

„Das stimmt, da hast du völlig recht, aber du bist doch
nicht hier um Michelle nach zu trauern. Komm lass uns
ein paar Frauen checken. Nur diesmal richtig."

Joana wusste nicht was er damit meint und schaut ihn
fragend an. Er nimmt ihre Hand, zieht sie vom Hocker
und drängelt sich durch das Gewühl auf die überfüllte
Tanzfläche. Steve tanzt eng hinter ihr im Rhythmus zur
Hip Hop Musik und drückt sie vor sich her zu ein paar
Frauen. Sie tanzt einige eng an, die sie interessant

97

findet. Aber sie fühlt sich nicht wohl dabei. Plötzlich
sagt Steve:

„Schau mal die süße da drüben, mit den kurzen roten
Haaren, die kenne ich, sie tanzt total gut und ist
lesbisch."

Joana nickt und ist jetzt schon von ihrem Anblick
fasziniert. Sie schlängelt sich zu ihr durch und tanzt sie
rhythmisch an. Ihre braunen Augen blitzen Joana an und
sie bewegen sich mit der Hüfte zusammengepresst im
Takt. Steve tanzt hinter Joana und drückt sich immer
wieder an sie, wenn Joana von ihr ablässt. Sie blickt in
die braunen Augen und spürt beim tanzen ein heftiges
kribbelndes Gefühl im Bauch, so sehr, dass ihr fast
schlecht davon wird. Sie fast all ihren Mut zusammen
und fragt: „Wie heißt du?"

„Vanessa", antwortet sie lächelnd mit weicher Stimme.

„Und du?", fragt sie und tritt ein Stück zurück.

„Joana", antwortet Joana knapp.

„Oh schöner Name, wo kommst du her?"

„Ich wohne hier in Köln, und du?"

„Düsseldorf, ich bin aber lieber hier zum Feiern."

„Ach, du bist wohl öfter hier?", fragt Joana und tanzt sie

98

an. Vanessa bewegt sich mit und antwortet: „Ja fast jedes Wochenende wenn ich Zeit habe."

„Was heißt wenn du Zeit hast? Hast du eine Freundin, oder was meinst du damit?"

„Nein, eine Freundin habe ich nicht, ich meine damit, ich bin gerade in meiner Ausbildung und dadurch, dass ich noch im Fitnessstudio arbeite, gehen viele Wochenenden drauf."

„Ach so, ich verstehe. Das ist natürlich verständlich. Was machst du denn für eine Ausbildung?"

„Physiotherapeutin. Ich habe bald Prüfung und dann habe ich wieder mehr Zeit zum tanzen gehen", erklärt sie freudig, löst sich von Joana und zieht ein Päckchen Zigaretten aus der Hosentasche.

„Magst du auch eine?"

„Oh ja, sehr gerne", antwortet Joana und nimmt sich eine. Vanessa gibt ihr Feuer und lächelt sie an.

„Was machst du beruflich?", fragt Vanessa und haucht Joana den Rauch ins Gesicht. Sie petzt die Augen zusammen, was Vanessa bemerkt und sich dafür entschuldigt.

„Schon gut, nicht so schlimm", äußert Joana und grinst.

99

„Ich arbeite in einer Tankstelle."

„Oh schön, dann weiß ich ja wo ich demnächst tanken fahre", meint sie und schaut Joana mit blitzenden Augen an. Joana fühlt wie ihr Herz schneller schlägt. Sie nickt und stottert: „D… mich."

„Na ihr zwei, alles klar bei euch", klingt sich Steve dazwischen und legt den Arm um Joana. Diese ist sehr dankbar über sein Erscheinen, um sich nicht noch mehr zu blamieren, bei so einer bezaubernden Frau und atmet erleichtert auf.

„Ich danke dir, dass du da bist, ich bin grad ziemlich nervös geworden", entgegnet sie ihm und läuft rot an. Er lächelt, schaut sie an und antwortet: „Na hast dich wohl verknallt, oder warum bist du so nervös und vor allem so rot in deinem Gesicht." Joana würde jetzt am liebsten vor Scham im Boden versinken und nie wieder auftauchen. Sie nimmt ein Eiswürfel, aus seinem Cocktail und steckt es ihm am Rücken ins Shirt, worüber er sich erschreckt und Joana stiftet. Er und Vanessa laufen ihr hinterher bis Vanessa plötzlich vor ihr steht. Joana blickt in ihre braunen Augen und versinkt darin. Auf einmal steht Steve hinter ihr und lässt einen Eiswürfel über ihre Schultern gleiten, der bis ins Dekolletee rutscht. Joana zuckt zusammen und holt ihn hastig mit den Händen aus ihren tiefen Ausschnitt heraus.

„Ist doch bloß ein Eiswürfel", beruhigt sie Vanessa und nimmt ihn ihr aus der Hand. Streift damit um ihren Hals was Joana sehr genießt. Schließt die Augen und spürt wie ein Schauer ihr den Rücken herunter läuft.

„Ist das schön?" fragt Vanessa mit liebevoller Stimme, worauf Joana ihre Augen öffnet und sie anlächelt.

„Na gib mal her, ich zeige dir wie schön das ist." Vanessa reicht ihn Joana und sie streichelt ihr damit sanft über den Nacken, Schultern und Hals.

„Hmm, das ist eine schöne Abkühlung, das habe ich jetzt mal gebraucht."

„Schön das es dir gefällt", antwortet Joana und bemerkt wie sich in ihren Bauch Schmetterlinge ansammeln.

„Wollen wir noch ein wenig tanzen?" bittet Vanessa, worauf Joana nickend einwilligt. Sie tanzen eng aneinander und schauen sich dabei in die Augen. Es ist inzwischen spät und Vanessa muss so langsam nach Hause weil sie früh aufstehen muss. Joana traut sich nicht nach ihrer Nummer zu fragen. Sie bekommt kein vernünftiges Wort mehr raus; selbst das tanzen gelingt ihr nicht mehr so richtig vor Nervosität. Sie gerät ständig aus dem Takt.

„So Joana, ich muss jetzt leider los. Es war ein schöner Abend mit dir und man trifft sich immer zweimal im Leben", sagt sie und drückt Joana an sich. Joana erwidert ihre feste Umarmung und versucht ihre Gedanken zu ordnen um nach ihrer Nummer zu fragen.

„Ok, bis wiedermal", sagt Joana schließlich und löst sich von ihr. Vanessa lächelt sie an und verlässt die Disco. Joana steht wie versteinert da und schaut ihr nach. Ich Idiot, warum bin ich nur so nervös, das bin ich doch sonst nicht. Bei Michelle ging das alles viel einfacher. Was mache ich nur für ein Mist, überlegt sie ärgerlich.

„Na Joana, wäre sie was für dich?" fragt Steve, der unerwartet neben ihr steht. „Ja sie ist toll. Ich hoffe sie bald wiederzusehen."

„Ja, ich auch. Ihr seht wirklich gut zusammen aus. Habt ihr die Nummern ausgetauscht?"

Joana schnauft, schaut gekränkt zu Boden und meint:

„Nein, das haben wir nicht. Ich traute mich nicht zu
fragen. Sie drückte mich und sagte man sieht sich
immer zweimal im Leben. Das brachte mich
durcheinander. Vielleicht mag sie mich ja gar nicht. Sie
hätte mir ja auch ihre Nummer geben können. Oder?"
„Ja, das stimmt Joana. Aber sie scheint Interesse an dir
zu haben. Sonst hätte sie dir nicht so einen Spruch
gesagt", ermutigt Steve Joana und drückt sie.
„Danke, du bist echt lieb. Ich fahre jetzt auch mal heim.
Denn ich muss morgen wieder arbeiten", beschließt
Joana und verabschiedet sich von Steve, der sie noch
hinaus zum Auto begleitet. Nachdenklich fährt sie nach
Hause, legt sich ins Bett und schläft ein.
Joana muss Wochenlang an Vanessa denken. Sie erzählt
es Diana und Michelle die sie immer wieder dazu
ermutigen, in den Club zu gehen, um sie da wieder zu
sehen. Sie geht fast täglich hin, nur leider ist Vanessa
nie da. Joana überlegt ihr einen Brief zu schreiben und
die Fitnessstudios an den Wochenenden abzuklappern.
In der Hoffnung sie anzutreffen oder einer der
Angestellten, die ihr den Brief übergeben. Sie
recherchiert im Internet, sucht sich die Adressen heraus

und fährt zu den Studios. Womit sie vergeblich kein Erfolg hat.

„Was soll ich nur machen, sie ist wie vom Erdboden verschluckt", wimmert sie zu Diana, die ihr tröstend den Arm auf die Schulter legt und sagt:„Sie wird schon wieder auftauchen süße, vielleicht ist sie krank oder im Lernstress wenn sie bald Prüfung hat."

„Ich weiß, das habe ich mir auch schon überlegt. Ich glaube, ich sollte sie vergessen. Sie hat wahrscheinlich auch eine Freundin, und ist deshalb nicht zu finden", äußert sie zu Diana.

„Habe noch etwas Geduld, gehe doch mal in andere Clubs."

„Das habe ich doch getan Diana", meint Joana mit leicht gehobener Stimme.

„Okay, du musst ja nicht gleich laut werden. Gedulde dich noch etwas, sie wird schon kommen", besänftigt Diana sie.

„Ja, tut mir leid, ich wollte dich nicht so anblaffen", entschuldigt sich Joana und schaut Diana mit einem liebenswürdigen Blick an. Diana nickt und fragt:

„Magst du noch einen Tee zur Beruhigung, wir haben

sogar Früchtetee. Marina trinkt den sehr gerne.

„Oh ja, das klingt prima. Wann kommt sie eigentlich von der Arbeit heim?", will Joana wissen und schaut auf die Uhr. Diana, die gerade in die Küche läuft entgegnet: „In zwei Stunden, wieso?"

„Ach nur so, ich will euch nicht den ganzen Abend die Ohren voll heulen, ihr seid so ein schönes glückliches Paar", entgegnet Joana und wischt sich die Tränen weg.

„Du störst doch nicht, ich bzw. wir sind doch immer für dich da. Denk mal an die Zeit mit Ralf, hätten wir dich damals nicht aufgemuntert."

„Ja, das stimmt. Das war wirklich eine schlimme Zeit. Ich bin euch für die Hilfe noch sehr dankbar. Ihr habt mir damals auf die Beine geholfen, das ich ohne euch nicht geschafft hätte", unterbricht sie Diana.

„Siehst du, so muss es auch sein. Dafür sind Freunde da", erwidert Diana, stellt ihr eine Tasse Tee hin und setzt sich neben sie. Joana lächelt Diana an, drückt sie und sagt: „Schön das es euch gibt."

„Komm jetzt höre auf zu schleimen, das ist doch Selbstverständlich." Joana lässt sie los trinkt genüsslich ihren Tee und sagt: „Ich werde jetzt aufhören Vanessa

105

zu suchen, sie wird mir irgendwann schon wieder begegnen und wenn ich ewig auf sie warten muss."

„Das ist eine gute Einstellung, wenn ihr für einander bestimmt seid, dann führt euch das Schicksal zusammen. Schau mich und Marina an, wir haben uns auch gesucht und gefunden. Auch wenn wir unsere Startschwierigkeiten hatten, sind wir unendlich glücklich miteinander."

„Ja, das seid ihr wirklich und ihr passt gut zusammen" bestätigt Joana. Sie unterhalten sich noch eine Zeit über Vanessa und Marina bis Joana nach Hause fährt. Joana versucht nicht mehr so viel an Vanessa zu denken und lenkt sich ab. Sie konzentriert sich auf ihre Arbeit und trifft sich oft mit Steve in den Clubs. Er stellt ihr immer wieder Frauen vor, die Joana aber nicht interessieren. Sie trifft sich ab und zu mit Michelle, geht mit ihr und den Kindern Eis essen. Wovon Michelles Mann nicht begeistert ist. Das beunruhigt Joana reichlich wenig, weil sie in Vanessa verknallt ist.

„Guten Morgen Joana, heute wieder Frühschicht?", fragt Steve, der gerade den Tankstellenshop betritt.

„Ja, siehst du doch, oder meinst du ich stehe zum Spaß
hier", antwortet Joana im genervten müden Ton.
„Oh Entschuldigung, ich wollte dir nicht zu nahe
treten", entgegnet er und legt zwanzig Euro auf die
Ladentheke.
„Sorry Steve, ich bin heute früh noch nicht ganz fit.
Letzte Nacht habe ich wenig geschlafen", äußert sie.
Tippt auf der Kassentastatur herum und legt das Geld in
die Schublade. „Nicht so schlimm Joana. Was machst
du am Samstagabend, Lust wieder mit in den Club zu
kommen?"
„Mal sehen, es war in letzter Zeit ganz schön viel",
stockt Joana und seufzt. „Ach komm, sei kein Frosch.
Wir treffen uns um elf vor dem Club. Ich stelle dir auch
keine Frauen mehr vor, versprochen", muntert er sie auf
und wartet auf Antwort. Joana überlegt kurz und
erwidert: „Na gut, geht in Ordnung, aber nur wenn du
mir keine Frauen aufschwatzt, sonst gehe ich
kommentarlos nach Hause."
„Glaube mir, das mache ich nicht. Ich will einfach nur
mit dir abtanzen und feiern."
„Gut okay, dann sehen wir uns Samstag um elf", gibt sie

ihm zu verstehen und widmet sich ihrer Arbeit.

„Schön bis dann", antwortet Steve und verlässt den
Shop.

Sie denkt an Vanessa und fragt sich insgeheim, ob sie
sich am Samstag Wiedersehen werden. Ach Mensch,
ich wollte doch nicht mehr an sie denken. Schimpft sie
mit sich selbst uns schaut auf den Hof. Der gerade
voller Autos steht. Sie konzentriert sich und beobachtet
die Kunden beim Tanken. Nach etwa einer Stunde hat
sich der Betrieb beruhigt und sie veräumt die Lieferung,
die jeden Donnerstagmorgen gebracht wird.

„Hey Joana, wie geht es dir?", fragt Diana, die gerade
herein kommt und hinter die Kasse läuft.

„Bin froh wenn ich Feierabend habe, ich habe kaum
geschlafen und leg mich gleich erst mal ins Bett wenn
ich zu Hause bin", antwortet sie und reibt sich die
Augen.

„Okay, dann werde ich dich mal schnell ablösen, das du
heim kommst."

„Ja bitte, die Lieferung habe ich schon komplett
veräumt. Du hast einen ruhigen Nachmittag", berichtet
sie und verschwindet mit ihrer Kasse zum zählen ins

Büro. „Wie? Da warst du aber schnell. Das hättest du doch nicht machen müssen, kein Wunder das du so kaputt bist."

„Nein, damit hat das nichts zu tun. Ich musste mich ablenken, um nicht permanent an Vanessa zu denken", erwidert Joana aus dem Büro. Diana schüttelt den Kopf und sagt im genervten Ton: „Denkst du immer noch so oft an sie? Ich dachte du wolltest sie vergessen. Zumindest hast du das vor ein paar Tagen noch erzählt, als du bei uns warst."

„Ja, ich weiß, aber ich kriege sie einfach nicht mehr aus meinem Kopf heraus. Das verstehe ich selber nicht, so was ist mir noch nie in meinem Leben passiert", erklärt Joana entschuldigend und kratzt sich an der Stirn.

„Ist doch in Ordnung Joana, du bist mir keine Rechenschaft schuldig. Aber versuche wenigstens nachts zu schlafen, auch wenn es schwer fällt."

„Genau das ist doch das Problem, kann ich nicht, ich muss immerzu an den Abend denken, als ich sie kennengelernt habe. Ich treffe mich am Samstag wieder mit Steve im Club, vielleicht ist sie ja da, wenn nicht muss ich mich weiter gedulden, dass ich schon seit fast zwei Monaten tue", verdeutlicht sie und rechnet ihre Kasse ab.

„Ich drücke dir die Daumen Joana. Ich denke am Samstagabend an dich", ermutigt Diana und klopft ihr auf die Schulter.

„Danke, ist lieb von dir", bedankt sich Joana, schließt ihre Kasse in den Tresor und fährt nach Hause. Dort legt sie sich ins Bett und schläft nach einiger Zeit ein.

Endlich ist es Samstag denkt sich Joana, die genießerisch in der heißen Badewanne liegt und einen romantischen Roman liest. Es ist abends um halb zehn und ihr Outfit hat sie sich schon zu recht gelegt. Wobei sie immer noch am zweifeln ist, ob es das richtige ist. Ob es Vanessa gefallen wird oder nicht, falls sie heute Abend da ist. Ach das glänzende rote Top mit dem V-Ausschnitt und die schwarze Cargohose wird Vanessa schon gefallen. Das ist mein Stil und wenn es ihr nicht zu spricht, dann hat sie Pech gehabt. Wahrscheinlich ist sie sowieso wieder nicht da, lenkt sich Joana gedanklich ab und widmet sich wieder ihrem Buch. Sie liest eine Seite nach der anderen und versinkt darin. Durch das

Klingeln ihres Handys, wird sie aus dem Buch gerissen und steigt aus der Wanne. Läuft hastig in die Küche, wo sich ihr Handy befindet und nimmt den Anruf entgegen. „Hallo", sagt sie leicht außer Puste.

„Hey, ich bin es Steve. Wollte fragen ob du kommst, es ist schon kurz nach elf?" Joana schaut auf die Uhr schnappt nach Luft und antwortet: „Oh je, ich war am lesen und hab die Zeit vergessen. Ich mache mich schnell fertig und dann komme ich." Steve lacht und sagt: „Okay Joana, mache dir kein Stress, ich gehe schon mal rein."

„Gut, bis gleich", entgegnet sie, legt auf und flitzt ins Bad. Zieht sich rasch an, föhnt und stylt sich die Haare, schminkt sich ein wenig die Augen und Lippen. Danach setzt sie sich ins Auto und braust zum Club.

„Was machst du denn schon wieder hier, hast du dich mit meiner Frau abgesprochen? Lass bloß die Finger von ihr", droht Michelles Mann, der sich vor Joana aufbäumt.

„Ach, wie oft soll ich das noch sagen bis du es kapierst; ich will nichts von deiner Frau", entgegnet sie und läuft an ihm vorbei in den Club. Der noch ziemlich leer ist

111

und Joana sichtet Steve an der Theke. Sie geht auf ihm zu und sieht Vanessa, die zusammen mit ein paar Leuten in einer Ecke sitzt. Joanas Herz fängt an schneller zu schlagen, als sie Vanessa erkennt. Sie atmet tief durch und läuft in langsamen Schritten zur Theke.

„Hey Joana, hast du schon gesehen wer da ist?", meint Steve lachend und deutet mit der Hand auf Vanessa.

„Ja, habe ich, was soll ich jetzt tun?", fragt sie und kaut nervös auf der Unterlippe herum.

„Na, gehe rüber zu ihr. Sie wird dich nicht beißen", erläutert er.

„Ich muss erst mal was trinken, dann werde ich allen Mut zusammen nehmen."

„Okay süße, mach das."

Sie bestellt sich eine Cola, trinkt einen Schluck und dreht sich in Vanessas Richtung, die Joana bereits erkannt hat und auf sie zu kommt.

„Hey Joana", sagt sie freudig und schließt Joana fest in die Arme.

Joana drückt sie zurück und freut sich sehr über Vanessas Reaktion.

„Wie geht es dir?", fragt Vanessa lächelnd.

Joana versinkt in ihre braunen Augen und fängt an zu
Träumen.

„Hey, alles in Ordnung bei dir?", fragt Vanessa besorgt.

„Ja, bei mir ist alles okay", antwortet Joana zügig ohne
zu stottern.

„Magst du dich mit an unserem Tisch setzen, wir feiern
die bestandene Prüfung."

Joana nickt mit dem Kopf und läuft Vanessa hinterher,
die sie mit ihren Freunden bekannt macht. Joana setzt
sich neben sie und schaut zu Steve, der ihr
gestikulierend zu verstehen gibt, dass sie mit Vanessa
reden soll.

„Wo warst du eigentlich die ganze Zeit?", fragt sie
Vanessa die Joana verwundert anschaut.

„Ich habe dich seid den Abend, als wir uns
kennenlernten, nicht mehr aus dem Kopf bekommen
und habe dich überall gesucht. In mehreren
Fitnessstudios, in verschiedenen Clubs in Köln und
Düsseldorf. Ich habe dir sogar einen Brief geschrieben",
erzählt Joana und errötet.

Vanessa zieht die Augenbrauen hoch, schmunzelt und
schaut zur Tanzfläche, wo ihre Freunde am tanzen sind.

´Oh Gott`, was habe ich mir nur dabei gedacht, sie muss denken ich bin ihr nach gestelzt, überlegt Joana und fasst sich mit der flachen Hand an die Stirn. Schaut zu Vanessa, die sie anlächelt und sagt: „Das finde ich süß von dir, aber du konntest mich nicht finden. Ich arbeite bei mir um die Ecke im Sporttreff. Das ist sehr klein und steht nicht im Internet. Aber da war ich die letzten 8 Wochen nicht, ich hatte Prüfungen und war viel zu Hause mit lernen beschäftigt. Ich habe heute die Zeugnisse bekommen und dabei erfahren, dass ich die Prüfung mit einer zwei bestanden habe", erzählt Vanessa und strahlt Joana an.

„Ach so! Wow, super. Erst mal herzlichen Glückwunsch für die gute Note", sagt Joana erleichtert und drückt sie.

„Danke, danke", entgegnet Vanessa.

„Möchtest du was trinken, ich gebe dir einen aus?" Joana schaut in ihr Glas, das noch fast voll ist und schüttelt mit dem Kopf.

„Vielleicht später Vanessa. Danke."

„Gerne! Sag mal hast du Lust ein bisschen an die frische Luft zu gehen?", fragt Vanessa liebevoll.

„Ja, können wir machen. Da kannst du mir mal deine Nummer geben wenn du magst. Mein Handy liegt im Auto und das steht gleich um die Ecke", meint Joana schüchtern und spielt mit den Fingern an ihrem Glas, dass sie mit beiden Händen fest hält.

„Klar mache ich und deine möchte ich aber auch haben", fordert Vanessa, steht auf und wartet auf Joana. Beide verlassen den Club und laufen zum Auto, wo sie feststellen, dass sie nebeneinander geparkt haben. Was ein Zufall, denkt Joana und grinst Vanessa an, die ihr gerade die Handynummer diktiert. Joana tippt sie ins Handy und drückt zweimal zur Sicherheit auf speichern. Sie klingelt Vanessa an, die ebenfalls gleich ihre Nummer speichert.

„Wollen wir wieder rein gehen? Ein bisschen tanzen oder worauf hast du Lust?" fragt Vanessa und zwinkert Joana an.

„Tanzen ist eine tolle Idee", antwortet sie und beide laufen zum Club. Gehen hinein und direkt auf die Tanzfläche. Beide

tanzen im Rhythmus zur Musik und schauen sich dabei in die Augen. Joana strahlt sie an und drückt sie leicht an sich. Vanessa lässt sich führen und bewegt sich in Joanas Takt.

Steve kommt freudig auf sie zu und tanzt Joana von hinten an.

Joana genießt die Nähe von Vanessa und spürt dabei ein kribbeln im Bauch, dass nach einiger Zeit so heftig wird, das ihr schlecht wird. Sie drückt Steve und Vanessa von sich weg, fasst sich mit der Hand am Bauch und schnappt tief nach Luft.

„Alles okay bei dir?" fragt Vanessa besorgt und streichelt ihr über den Rücken, wovon Joana eine Gänsehaut am ganzen Körper bekommt und sich das kribbeln im Bauch verstärkt.

„Geht schon Vanessa, ich sollte mal was trinken", antwortet Joana und schaut sie hilfesuchend an.

„Kein Problem, setz dich mal da hinten an den Tisch, ich hole uns was zu trinken", entgegnet Vanessa und läuft zur Theke.

Joana sitzt und schaut über die Tanzfläche bis zur Theke, wo sie Michelle mit einer Frau tanzen sieht. Michelle winkt ihr zu und hält beide Daumen nach oben. Joana lächelt und winkt nickend zurück.

Vanessa steht wie aus dem nichts vor ihr mit zwei Gläsern und sagt: „Ich hoffe du trinkst ´Ginger Ale `. Ich wusste nicht ob du Alkohol trinkst und Cola ist auch nicht besonders gut für den Magen, aber Wasser wollte ich jetzt auch nicht mitbringen, wenn ich dir schon mal einen ausgeben kann."

Joana lächelt sie an und antwortet: „Ginger Ale trinke ich sehr gerne. Alkohol trinke ich schon hin und wieder, aber nur wenn ich kein Auto fahren muss."

„Okay, das ist sehr vernünftig. Ich fahre auch nicht wenn ich getrunken habe. Ich trinke auch nicht oft, nur wenn es was zu feiern gibt so wie heute. "

Joana lächelt leicht und fragt: „ Wie kommst du heute nach Hause? Du bist doch mit deinem Auto hier."

Vanessa trinkt gerade einen Schluck von ihren Cocktail, nickt und äußert: „Ja, das ist richtig. Aber meine Bekannte die da drüben auf der Tanzfläche abfetzt fährt mich nach Hause."

Ah ja, beruhigend denkt sich Joana und sagt feierlich mit erhobenen Glas: „Na dann Prost, auf deine bestandene Prüfung".

Vanessa freut sich darüber und stößt mit ihr an.

117

Sie unterhalten sich noch die ganze Nacht bis zum Morgen. Joana fährt müde aber glücklich um 10 Uhr nach Hause. Legt sich ins Bett und freut auf den Nachmittag um Vanessa wieder zu sehen. Bevor sie einschläft schreibt sie mit ihr noch einige SMS.

Durch das Klingeln ihres Handys wird sie wach. Schläfrig geht sie dran und sagt: „Hallo."
„Hey Joana, ich bin es Diana, wie geht es dir? Wie lief es gestern Abend? Hast du Vanessa wieder gesehen?"
Joana reibt sich die Augen, schaut auf ihre Armbanduhr und sieht, dass es kurz nach drei ist. Hastig steht sie auf und sagt zu Diana: „Oh nein, ich habe verschlafen, ich wollte mich mit ihr um drei im Park treffen."
„Wie, he, also hast du sie getroffen?" fragt Diana irritiert.
„Ja, habe ich, und habe schon unser erstes Date verpennt. Das kann doch auch nur mir passieren."
Diana lacht und antwortet: „Das stimmt wohl, los rufe sie an, das sie Bescheid weiß. Ich lege jetzt auf."
„Mach ich, bis dann Diana", entgegnet Joana, drückt Diana weg und wählt die Nummer von Vanessa. Nach

langen anklingeln geht sie mit verschlafener Stimme dran.

„Hallo, Vanessa. Habe ich dich geweckt?", fragt Joana verwundert.

„Wer ist da?", murmelt Vanessa.

„ Joana, wir wollten uns im drei im Park treffen."

„Oh nein, tut mir leid Joana, ich habe verschlafen, bist du schon da? Oh Gott es tut mir leid", entschuldigt sich Vanessa und seufzt.

Joana atmet erleichtert auf und meint: „Nein, ich bin nicht da. Ich habe auch verschlafen. Ich wollte mich gerade bei dir entschuldigen."

Vanessa lacht und sagt: „Okay, da kann man mal sehen wie das Schicksal mit einem spielt."

„Ja, da hast du recht. Treffen wir uns in einer Stunde im Park?" fragt Joana und hofft das Vanessa einwilligt.

„Klar, können wir machen. Ich freu mich auf dich", antwortet Vanessa.

„Ich mich auch auf dich", erwidert Joana und legt auf.

Joana zieht sich an und fährt zum Park. Geht zum Eingang, aber Vanessa ist noch nicht da. Sie setzt sich auf die davor stehende Bank, steckt sie sich eine

Zigarette an und schaut sich um. Sie beobachtet Paare
die an so einen schönen warmen Sommertag Arm in
Arm spazieren gehen. Vielleicht kann ich das ja auch
bald mit Vanessa machen, denkt sie und schmunzelt.
„Hallo Joana, bist du schon lange da?", fragt Vanessa,
die plötzlich vor ihr steht.
„Nein, bin auch erst vor zwei Minuten gekommen."
„Schön, wollen wir ein bisschen laufen und im Park ein
Eis essen oder Kaffee trinken?"
„Ja, sehr gerne", antwortet Joana, steht auf und läuft
zusammen mit Vanessa in den Park. Sie setzen sich auf
die Terrasse der Eisdiele und bestellen sich ein
Milchcafé.
„Wie hast du geschlafen?", will Vanessa wissen und
lächelt Joana an. Joana schaut ihr in die Augen und
spürt wieder ein starkes kribbeln im Bauch, trinkt mit
zittrigen Händen einen Schluck von ihrer Tasse und
antwortet: „Gut und selbst?"
„Auch gut. Schmeckt der Kaffee?"
„Ja der ist lecker. Bist du öfters hier?" fragt Joana und
schaut sich um.
„Hin und wieder. Ich bin ab und zu mit meiner

120

Schwester und meinem Neffen hier. Da hinten gibt es einen großen Teich, wo man die Enten füttern kann. Das macht der Kleine sehr gerne", erzählt Vanessa freudig.

„Wie alt ist dein Neffe?"

„Er ist drei und macht mich unheimlich stolz. Ich wohne mit meiner Schwester und ihm zusammen in einem großen Haus. Der Vater von ihm ist abgehauen und will nichts mit ihm zu tun haben. Ich bin sozusagen der Ersatz für ihn", erklärt Vanessa und strahlt Joana an. Sie schluckt und denkt an ihren Sohn Manuel.

„Hey, alles okay? Habe ich irgendwas Falsches gesagt?" fragt Vanessa besorgt.

„Nein, nein, hast du nicht. Ich finde es schön, dass du dich mit deiner Schwester und ihren Sohn so gut verstehst. Das du der Vaterersatz für ihn bist. Ich musste nur gerade", stockt Joana und steckt sich nervös eine Zigarette an.

„Tut mir leid Joana, ich wollte nicht mit der Tür ins Haus fallen."

„Ist schon gut, das muss dir nicht leid tun Vanessa. Ich finde es schön, dass du mir davon erzählst. Wollen wir ein bisschen spazieren gehen, dann erzähle ich dir

warum ich eben so in Gedanken versunken bin . Ich
kann das nicht hier vor so vielen Leuten."
Vanessa schaut sie skeptisch an und antwortet: „Ja
okay, ich trinke nur grad mein Kaffee aus."
Joana nickt, ruft die Bedienung mit einer
Handbewegung und bezahlt die Rechnung. Sie laufen
gemütlich nebeneinander durch den Park, Joana schaut
nach oben, schnauft und fängt an zu erzählen: „Ich habe
vor drei Jahren meinen Sohn verloren. Er starb am
plötzlichen Kindstod. Ich habe es zwar gut verarbeitet,
aber als du eben von deinem Neffen erzählt hast, kamen
mir die Erinnerungen von damals hoch. Das geht auch
wieder vorbei."
Vanessa schaut sie erschrocken an, streichelt ihr über
den Rücken und sagt: „Das mit deinem Sohn tut mir
sehr leid. Ich hoffe es war eben nicht ganz so schlimm
für dich. Ich bin aber auch ein trampel."
„Ach, ist doch nicht so schlimm, das konntest du doch
nicht wissen. Wie heißt denn deine Neffe?", fragt Joana
neugierig.
„David", antwortet Vanessa strahlend.
„Das ist ein schöner Name, der würde mir auch

gefallen. Wann kann ich ihn mal kennenlernen?"

Vanessa schaut auf ihre Armbanduhr und meint:

„Warum nicht jetzt, meine Schwester wird mit ihm zu
Hause sein. Wir müssen uns aber ein bisschen beeilen,
weil es ist halb sechs und um sechs geht er schlafen,
denn er muss morgen früh wieder in den Kindergarten."

„Okay, dann los, ich fahre dir hinterher", erwidert Joana
und sie laufen zum Auto. Vanessa folgt ihr, setzt sich
ins Auto und fährt los. Joana ist gespannt auf ihre
Schwester und den kleinen Neffen.

„Hey Sophia, darf ich dir Joana vorstellen", sagt
Vanessa als sie mit Joana das Wohnzimmer betritt.
Sophia streckt Joana die Hand entgegen und lächelt.

„Schön dich kennenzulernen", meint Joana und reicht
ihr die Hand.

„Wo ist David, schläft der schon?", fragt Vanessa und
schaut sich um.

„Der ist oben auf sein Zimmer. Er spielt noch ein
bisschen bevor ich ihn schlafen lege."

„Ach, das mach ich. Los Joana, komm mit, ich will dir
den kleinen vorstellen", entscheidet Vanessa und zieht
sie hinter sich her.

123

Sie laufen die Treppen hoch und gehen in Davids Zimmer. Als er Vanessa sieht, strahlt er sie an und rennt auf sie zu. Sie hebt ihn auf ihren Arm und stellt ihm Joana vor.

„Hallo Joana", sagt er und kuschelt sich an Vanessa. Die ihm sanft über den Rücken streichelt und meint: „Es ist Zeit schlafen zu gehen. Du musst morgen wieder in den Kindergarten."

David schaut sie traurig an, reibt sich die Augen und entgegnet: „Ich bin doch gar nicht müde?"

„Ich weiß, aber morgen früh", äußert Vanessa liebevoll und legt ihm ins Bett. Knipst das Licht aus und die beiden verlassen sein Zimmer. Sophia kommt gerade die Treppe hoch und gibt ihn noch einem Guten Nachtkuss. Vanessa und Joana gehen runter. Raus auf die Terrasse, wo ein Mann mit einer Bierflasche am Tisch sitzt.

„Hey Vanessa. Wie geht es dir?", fragt er und wirft Joana einen bösen Blick zu.

„Gut", erwidert sie. „Robert, ich möchte dir Joana vorstellen."

Er zieht die Stirn hoch und meint: „Was soll das? Bist

124

du jetzt lesbisch?"

Joana schaut beide verwirrt an und steht wie versteinert
da.

„Was heißt hier, bist du jetzt lesbisch? Das weißt du
ganz genau", schimpft Vanessa.

„Ah ha. Also habe ich keine Chance bei dir?"

Joana schüttelt den Kopf und sagt: „Ich verschwinde,
ich habe auf so eine Nummer keine Lust. Klärt das unter
euch."

„Nein, bitte bleib hier", fleht Vanessa und greift nach
Joanas Hand. Robert steht wütend vom Tisch auf und
wirft dabei seine halb volle Flasche um. Läuft zu seinem
Auto und braust mit hohem Tempo davon.

„Was ist denn hier los?", fragt Sophia, die gerade auf
die Terrasse kommt.

„Ach Robert ist ausgetickt, er scheint immer noch nicht
kapiert zu haben, dass ich auf Frauen stehe und nichts
von ihm will. Wenn er sich immer wieder Hoffnungen
macht ist das sein Bier."

„Ja, und das ist jetzt hier über den ganzen Tisch
verteilt", meckert Sophia und wischt es mit
Küchentüchern auf.

Die drei setzen sich an den Tisch. Vanessa erzählt Joana
das Verhältnis zu Robert. Sie verdeutlicht, dass sie
keine Beziehung mit ihm hat. Sondern nur eine
Freundschaft, was Sophia bestätigt. Joana fällt es
schwer ihnen zu glauben und fragt irritiert:
„Aber warum ist er hier? Wohnt er bei euch?"
„Ja, seit ein paar Monaten. Wir sind eine WG und
können ohne ihn das Haus nicht halten. Die Miete ist zu
teuer. Bevor er eingezogen ist, hat eine Freundin von
uns hier gewohnt. Sie ist mit ihrem neuen Freund
zusammen gezogen", schildert Sophia und steckt sich
eine Zigarette an. Joana versinkt in Gedanken und
überlegt zu gehen.
„Glaub mir bitte, ich habe nichts mit ihm. Er weiß ganz
genau, dass ich auf Frauen stehe, vor allem auf dich",
sagt Vanessa und streichelt Joana sanft mit der Hand
über den Rücken.
Joana spürt, wie sie von ihrer Berührung eine Gänsehaut
bekommt und schließt die Augen.
„Bitte glaub mir", flüstert Vanessa und rückt näher an
Joana heran.
„Ich gehe dann mal", meint Sophia, steht vom Tisch auf

und läuft ins Haus.

„Gut, ich glaube dir Vanessa", sagt Joana schmunzelnd.
Sie schauen sich beide tief in die Augen und Joana
lächelt Vanessa an. Sie spürt wie in ihren Bauch wieder
Flugzeuge fliegen. Sie atmet tief ein und aus. Vanessa
rückt immer näher an Joanas Gesicht bis sich ihre
Lippen sanft berühren. Joana küsst sie zärtlich, das
Vanessa erwidert und flüstert: „Ich danke dir das du mir
glaubst."

Joana lächelt und wispert: „Ich hoffe du lügst mich
nicht an."

Vanessa schaut Joana in die Augen, schüttelt mit dem
Kopf und sagt mit überzeugender Stimme: „Das werde
ich niemals, ich meine es ernst mit dir."

„Na dann komm her und küss mich", entgegnet Joana
freudig und zieht Vanessa an sich heran.

Herstellung und Verlag:
Books on Demand GmbH, Norderstedt
ISBN 978-3-8423-6480-6